Foto Titelseite: Elmer Schmidt

Bordesholmer Edition
Band 27 - 2016

Jürgen Baasch   Henning Thomsen   Elmer Schmidt

Bombenstimmung in Bordesholm

Sechster Bordesholm Krimi
2016

Vorwort

„Wir leben in unsicheren Zeiten!"

Mehr Islamisten, mehr Rechtsextreme, mehr Straftaten: „Wir leben in unsicheren Zeiten." So fiel die Bilanz des Innenministers Schleswig-Holsteins bei der Vorstellung des Verfassungsschutzberichtes im Mai 2016 in Kiel aus. Der Minister sieht eine hohe Terrorgefahr auch im Norden. Die Sicherheitsbehörden sind alarmiert und rechnen damit, dass dschihadistische Kleinstgruppen und Einzelpersonen Anschläge planen und ausführen können. Die Zahl der Salafisten in Schleswig-Holstein ist laut Verfassungsschutzbericht auf über 300 gestiegen. Im Fokus der Behörden stehen radikalisierte Personen, die aus Kampfgebieten im Irak und in Syrien zurückgekehrt sind. Normale Jugendliche – ob Junge oder Mädchen, ob mit oder ohne Migrationshintergrund – können innerhalb von Wochen zu Salafisten werden, weiß der Landeskoordinator und Berater gegen religiös begründeten Extremismus in Schleswig-Holstein zu berichten. *

*Nach „Kieler Nachrichten" und „Holsteinischer Courier"

Personen

Erika Friedberg, Kriminalkommissarin, ihr Sohn Finn und dessen Freundin Nasrin

Wilhelm Bielfeld, Hauptkommissar, seine Freundin Dagmar Borgandt und deren Tochter Alina, der Boxer Puck

Anna Hof, Lehrerin

Ursula Müller, Lehrerin

Jan-Peter Heller, Rechtsanwalt

Djadi Al Shaar alias **Omar S.**, Flüchtling

Aaram Masri, Dolmetscher

Jochen Plagmann, **Hanjo Bock** und **Jan Rohwer**, Feuerwehrkameraden

Hans-Werner Meyer und **Krischan Hansen**, Landwirte

Gesa P. und **Volker H**, Allianz Angestellte

Schmidt, Dorfsheriff

Wolfgang Thiele, Mitarbeiter des Verfassungsschutzes

Raffael Johannsen, **Mario**, **Karim** und **Claas**

Peter Becker, **Martina Nissen** und **Krissie**, vitaMAX

Udo Klotz, Luftwaffenpilot

und weitere Personen aus Realität und Fantasie

Kapitel 1

Der Einsatzbefehl war klar. Planmäßig waren die Tornados des Taktischen Luftwaffengeschwaders vom Fliegerhorst Jagel gestartet. Nach einigen Minuten meldete sich einer der Piloten aus der Rotte: „Sage nur kurz zu Hause auf Wiedersehen. Bin gleich wieder bei euch."
Rasend schnell näherte sich die Maschine mit einer Linkskurve der Bordesholmer Klosterkirche. Auch der Edeka-Turm kam in Sicht. In Groß Buchwald auf dem Dorfplatz hatten einige Menschen auf das Flugzeug gewartet. Der Pilot ging noch einmal tiefer.
Die Kameraden der Freiwilligen Feuerwehr und Freunde, die eingeweiht waren, sahen in der Ferne einen immer größer werdenden Punkt auf sich zukommen. Und ehe sie sich versahen, überquerte die Maschine die Menschenansammlung mit einem wahnsinnigen Dröhnen, das auch noch anschwoll, als der Pilot seine Maschine wieder hochzog. Zurück blieben winkende Menschen, zwei hüpfende Kinder und eine Frau mit Tränen in den Augen, die der donnernden Kriegsmaschine ihren Gruß flüsternd nachschickte: „Komm bald zurück."

*

Zwei Wochen später.

Es sind knapp eineinhalb Stunden vergangen, seit der 27-jährige Luftwaffenpilot Udo Klotz und sein Waffensystemoffizier aus Jagel in Schleswig-Holstein vom türkischen Stützpunkt Incirlik aus gestartet waren. Sie hatten hochauflösende Fotos von Syrien auf einem vorgegebenen Kurs aus einer Höhe von 8.000 Metern gemacht.

Der Copilot war für die Waffen, die Navigation, einen Großteil der Planung des Fluges und die Aufnahmen zuständig. Er hatte auf seinem Monitor mögliche Stellungen der IS-Kämpfer ausgemacht, aber um die Auswertung würde sich das Bodenpersonal kümmern. Es könnten ja auch PKK-Kämpfer sein, und das war Material, welches die Türken missbrauchen könnten.

„O.k.", sagte er deshalb ins Mikrofon zu seinem Piloten, „wir haben genug Material und können zurückfliegen." Udo Klotz grunzte nur zustimmend.

Der ‚Waffenfuzzi' musste grinsen, sein Pilot war wie immer nicht sehr gesprächig, aber er hatte ein gutes Gefühl mit ihm. Er konnte sich auf ihn verlassen. Sie waren schon mehrere Einsätze in Afghanistan geflogen und jetzt in Syrien.

Udo Klotz flog gern. Er empfand es einfach schön, in der Luft zu sein. Er fühlte sich dort wohl und sicher. In dieser Höhe waren sie außerhalb der Reichweite der Terrororganisation IS, die nur schultergestützte Raketensysteme hatte.

Klotz war als Pilot kein ‚Haudrauf', sondern eher besonnen, und so reduzierte er seine Geschwindigkeit im Geradeausflug von Mach 2, um in eine Linkskurve zu gehen. Da sie nach oben noch Luft hatten, stieg er gleichzeitig auf 10.000 Meter. Aber Klotz hatte nicht seinen besten Tag und überschätzte sich. Die Geschwindigkeit in der Kurve war immer noch so hoch, dass er kurz die Besinnung verlor. Da sie das vorgegebene Terrain abgearbeitet hatten, hatte Klotz vorher auf manuelle Steuerung umgeschaltet und zog unbewusst den Steuerknüppel zu stark an.

Die Stärken des Tornados sind unter anderem die Wendigkeit durch seine verstellbaren Flügel. Er reagierte deshalb auf Klotz's Lenkung sensibel und vollzog eine Linksdrehung um seine eigene Achse.

„Was ist los?", schrie der Copilot in seine Maske, die er geistesgegenwärtig festgezurrt hatte.

„Mir ging's nicht so gut", knurrte Klotz, bei dem sich der Blutdruck wieder normalisierte.

In diesem Augenblick bemerkten beide fast zur gleichen Zeit den Qualm in der Kabine.

„Kabelbrand" rief Klotz. Die Rauchschutzhauben, die die Sauerstoffversorgung für zwanzig Minuten sicherstellen, öffneten sich automatisch.

„Wir müssen so schnell wie möglich zurück, bloß weg von hier." Klotz starrte auf die Instrumente, die verrückt spielten. Sie hatten mittlerweile die Höhe von 10.000 Metern erreicht, und er registrierte, dass seine Lenkung immer schwammiger wurde.

Sie verloren jetzt an Höhe, aber flogen mehr oder weniger nur geradeaus.

„Die Richtung stimmt in etwa", rief ihm der Copilot von hinten zu. „Sieh zu, dass du wenigstens über die türkische Grenze kommst, sonst sind wir im Arsch."

Das war Klotz auch klar. „Das wird nichts, das ist zu weit. Das Einzige, was wir noch schaffen können, ist, wenn wir dicht genug herankommen, die Bilder zum Stützpunkt senden."

„Scheiße, Scheiße!" hörte Klotz in seinem Helm.

„Ich sag Bescheid, wenn wir aussteigen müssen." Gleichzeitig gab Klotz einen Notruf an die Basis ab, in der er die technischen Probleme beschrieb.

Emotionslos wurde der Notruf bestätigt.

Was Klotz und sein Copilot nicht wussten war, dass die Basis einen zweiten Tornado startete.

„Jetzt!" schrie Klotz und zog am Abzugsgriff des Schleudersitzes, wodurch eine vollautomatische Sequenz gestartet wurde. Zunächst wurden die Arme und Beine der Besatzungsmitglieder durch Gurte an die Sitze herangezogen, um Verletzungen durch den Winddruck bei hoher Fluggeschwindigkeit zu verhindern. Zugleich wurde das Kabinendach abgesprengt und die kompletten Schleudersitze aus dem Tornado katapultiert. Um nicht in der Luft zusammenzustoßen, zündeten die Raketensätze so, dass zunächst der hintere, dann nach kurzer Verzögerung der vordere Sitz das Flugzeug verließ. Ein kleinerer Steuerschirm brachte die Sitze in die richtige Lage, bevor die Hauptschirme sich öffneten. Gleichzeitig trennten sich die Sitze von der Besatzung.

Klotz, der noch in der Luft schwebte, hörte die Detonation, als der Tornado auf die Erde aufschlug. Seinen Copiloten konnte er nicht erkennen, weil der wahrscheinlich über ihm flog. Was er erkannte war, dass sich aus der Ferne Sandschwaden auf ihn zubewegten. Vermutlich Lastkraftwagen mit IS-Kämpfern auf der Ladefläche.

Geschickt rollte sich Klotz bei der Landung ab. Schnell löste er seinen Fallschirm und aktivierte sein Notfunkgerät. Es gab keine Möglichkeit, sich in der Wüste zu verstecken, und er hatte nur eine Pistole bei sich.

Als die Sandschwaden näherkamen, sah er, dass es drei LKWs waren. Obwohl Klotz schwitzte, überzog ihn eine Gänsehaut. Er wusste, was ihn erwartete. Resigniert ließ er die Arme sinken, als ihn mit lautem Donnern ein Tornado überflog und mit Raketen auf die Lastkraftwagen schoss. Zischend brachten die armdicken Raketen den Tod zu den IS-Kämpfern. Klotz hatte unbewusst den Atem angehalten und stieß erleichtert seine Luft wieder aus. Die IS-Kämpfer kamen aus dem Norden, wohin er eigentlich auch musste. So wandte er sich erst Richtung Westen, Richtung Meer, um sich später, wenn er es schaffte, wieder nach Norden zu seiner Basis zu wenden. Vielleicht kam ja auch Unterstützung von Meer aus. Er wusste, dass von dort der französische Flugzeugträger ‚Charles de Gaulle' seine Angriffe gegen den IS führte.

Klotz musste sich zwingen nicht gleich loszurennen, dann wäre er in kurzer Zeit ausgelaugt. Als er zurückblickte, sah er, wie der Tornado nach einer Schleife einen zweiten Angriff auf die LKWs flog. In einen riesigen Feuerball sah Klotz einzelne Teile des zweiten Fahrzeugs durch die Luft fliegen. Die IS-Kämpfer sprangen von der Ladefläche des dritten LKWs, um dem nächsten Angriff des Tornados zu entkommen, was einigen gelang. Der Tornado machte kehrt und begann, die IS-Kämpfer mit der Bordkanone zu beschießen. Klotz dachte automatisch an seinen Copiloten und schaute nach hinten. Ihm gefror das Blut in den Adern. IS-Kämpfer hatten mit Motorrädern seinen Kollegen erreicht und waren dabei, ihn zu fesseln. Klotz lief um sein Leben. Es dämmerte schon, als Klotz in einer Senke kurz anhielt um zu verschnaufen, als er das Knattern der Motorräder hörte. Sie hatten ihn eingekreist und kamen von allen Seiten auf ihn zu gefahren. Die Männer hatten nicht einmal die Waffen gezogen, weil sie erkannten, dass Klotz keine Chance hatte. Bei ihm angekommen schmissen drei von ihnen ihre Motorräder in den Wüstensand, rissen ihm die Weste vom Leib, warfen sie in den Sand und schossen darauf. Sein Notfunkgerät sprang mit einem Knall auseinander. Von hinten riss ihm jemand die Pistole aus dem Halfter und trat ihm in die Kniekehlen. Klotz sackte in den Sand. Ein Sack

wurde ihm über den Kopf gestülpt und seine Hände wurden hinter den Rücken zusammengebunden. Zwei Männer schleiften Klotz zu einem Wagen, der inzwischen angekommen war, und stießen ihn auf die Ladefläche. Türen wurden hinter ihm zugeschlagen. Er hörte arabische Stimmen und rief leise nach seinem Copiloten. Statt einer Antwort bekam er einen Schlag gegen seinen Kopf.
Die Fahrt durch die Nacht dauerte stundenlang. In der Ferne glaubte Klotz Flugzeuge zu hören, aber die konnten sowieso nichts unternehmen, ohne ihn zu gefährden. Endlich hielt das Fahrzeug an. Der Pilot wurde aus dem Fahrzeug gerissen und zu einem Haus geschleift. Dort wurde er in einem Raum gestoßen, dessen Boden mit Sand bedeckt war. Der Sack wurde ihm vom Kopf gerissen. Er wurde allein gelassen. Tagelang wurde er mit Wasser und Brot versorgt. Zum Essen wurden ihm die Fesseln abgenommen. Klotz dachte immer wieder an den syrischen Piloten, der vor einiger Zeit bei lebendigem Leibe verbrannt worden war. Klotz machte sich kaum noch Hoffnung.
Nach mehreren Tagen wurde er von zwei IS-Kämpfern aus dem Haus auf den Platz davor gebracht. Mit den Knien im Sand und auf den Rücken gefesselten Händen sah Klotz einen vermummten Mann mit einer Kamera vor sich. Er wusste, was auf ihn zukam. Kalter Schweiß brach ihm aus. Seine Augen tränten, und seine Nase lief. Er schloss die Augen und dachte an seine Kinder. Er stellte sich

vor, wie die Kleinen lachend und ungeschickt tapsig in den sonnigen Garten vor dem Haus liefen. Er sah seine Frau, wie sie ihn anlächelte und ihren Arm nach ihm ausstreckte. Dann sah Klotz nur noch einen Blitz und ein helles Licht auf sich zukommen, bevor seine Gedanken im Universum verschwanden.

Einen Tag später wurde ein Video in die Fernsehübertragung eine laufende Sportveranstaltung hineingeschaltet. Die schrecklichen Bilder zeigten die Enthauptung eines deutschen Piloten durch IS-Kämpfer. Das Video führte zu einem Aufschrei in der deutschen Öffentlichkeit und in den Medien.

Die Bundeskanzlerin und die Verteidigungsministerin sprachen der Familie von Udo Klotz ihre Anteilnahme aus und sagten Unterstützung zu.

Kapitel 2

„Die dritte Minute der Nachspielzeit bricht an. Unbarmherzig läuft die Zeit gegen den FC Bayern. Ein Anschlusstreffer wäre jetzt so wichtig! Dann könnte das Team Pep Guardiolas in der Kabine Mut schöpfen, neu eingestellt werden. Jetzt kommen die Bayern noch einmal. Robben schlägt einen seiner berühmten Haken, lässt den Gegner dumm aussehen. Schieß, Junge, schieß! Das ist übertrieben, ein Stürmer muss auch einmal egoistisch sein. Der Querpass wird eine sichere Beute der Spanier. Aber dem klobigen Abwehrrecken verspringt der Ball, vor die Füße von Thomas Müller. Und der fackelt nicht lange. Tor! Toooor! Ein Knäuel von Spielern begräbt Müller unter sich. Der Schiedsrichter schaut auf die Uhr. Halbzeit!"
Erst langsam klang das Stimmengewirr im Köpi-Treff ab. Stimmen riefen nach einem neuen Bier, Männer gaben sich die Klinke der Klotür in die Hand. Niemanden interessierte, wie die Tagesthemen-Moderatorin tapfer Neuigkeiten verkündete. Dann erschien das Foto eines Tornados-Kampfflugzeuges auf dem Bildschirm.
„Ruhe, Ruhe doch! Die bringen was von Udo!" donnerte eine Stimme durch den Raum. Es wurde mucksmäuschenstill. Das Fernsehbild zeigte die Verteidigungsministerin, die eine Erklärung verlas. Sie stand hinter einem schwarzen, mit dem Bun-

desadler versehenen Rednerpult. Es handelte sich offenbar um eine improvisierte Pressekonferenz:
„Liebe Landsleute, meine Damen und Herren! Im Einsatz gegen die IS-Terroristen sind zwei Piloten unserer Luftwaffe gefallen. Hauptmann Udo Klotz und Hauptmann Bernd Vogel sind die ersten deutschen Soldaten, die in Syrien den Tod fanden. Das ist eine schmerzliche, bittere Nachricht, die uns alle erschüttert. Ich bin unendlich traurig. Aber ich bin auch empört. Empört darüber, dass unsere Soldaten durch feigen Mord ums Leben gebracht wurden. Von sogenannten Kämpfern eines menschenverachtenden Regimes."
Die Ministerin hielt inne. In die Lücke hinein fragte ein Journalist:
„Frau Ministerin, wie sind die Männer in die Hände des IS gefallen? Wurde ihre Maschine abgeschossen? Mussten sie abspringen?"
Das Gesicht der Politikerin verhärtete sich. Sie suchte nach Worten:
„Nein. Es waren keine gegnerischen Waffen, die die Piloten zum Verlassen ihrer Maschine zwangen. Ein technischer Defekt im System ließ ihnen keine andere Wahl. Hauptmann Klotz meldete das in seinem letzten Funkspruch."
Im Köpi - Treff brach ein Sturm der Entrüstung los:
„Mit welchem Schrott schicken die unsere Jungs da runter?" - „Gewehre, die bei Hitze um die Ecke schießen, und Tornados, die vom Himmel fallen!" - „Sollen doch die Bonzen selbst kämpfen!" - „Was

wollen wir eigentlich da?" Erst der Anpfiff zur zweiten Halbzeit der Champions League ließ das Stimmengewirr verklingen. Jetzt konzentrierte man sich auf die Frage: Werden die Bayern das Spiel noch drehen können?

In seinem Wahlkreisbüro im Lüttenheisch 1 hatte der Abgeordnete Dr. Stegner die Meldung im Radio gehört. Er rief sofort sein Büro in Berlin an, es solle in Erfahrung bringen, welcher Art der Defekt in der Maschine gewesen war und ob dieser Fehler auch in anderen Tornados zu befürchten sei.

Kapitel 3

Die altehrwürdige St. Johannis Kirche in Brügge war zum Bersten gefüllt. In den über 800 Jahren ihrer wechselvollen Geschichte hatte diese Feldsteinkirche wohl selten so viele Menschen beherbergt. Der Küster hatte zur Beerdigung von Udo Klotz viele zusätzliche Stühle im Kirchenschiff aufgestellt. Er musste viele Entscheidungen alleine treffen, da der Gemeindepastor wegen eines Überseeurlaubes nicht zugegen war. Auf den jungen unerfahrenen Urlaubsvertreter aus Kiel konnte er sich hierbei kaum verlassen. Wegen des großen öffentlichen Interesses an der Trauerfeier hatte der Küster eigenmächtig viele Sitzbänke und eine geeignete Lautsprecheranlage vor der Kirche aufbauen lassen. So konnten die unzähligen Trauergäste, die keinen Einlass mehr in die Kirche gefunden hatten, die Beerdigung wenigstens per Ton verfolgen. Hinweisschilder vor und in der Kirche verordneten ein strenges Fotografier- und Filmverbot während der Zeremonie. Und so wagte es kein Besucher, die traurig-feierliche Atmosphäre durch unwürdiges Benutzen seines Handys zu stören. Unter den Trauernden waren viele in Bundeswehruniform zu sehen. Etliche Kameraden von den Freiwilligen Feuerwehren aus den Bordesholmer Amtsgemeinden waren mit der Feuerwehruniform bekleidet.

Die Familie des Toten saß – wie bei Beerdigungen üblich – in den ersten Sitzreihen von St. Johannis. Die junge Witwe war ganz in schwarz gekleidet. Sie hatte leise schluchzend neben ihrem grauhaarigen Vater Platz genommen, der seinen linken Arm schützend um ihre Schultern hielt. Ihr Gesichtsausdruck war von einem völlig leeren Blick aus rotgeweinten Augen gekennzeichnet – die Beruhigungstabletten des Hausarztes schienen noch zu wirken. Die beiden kleinen Kinder des Paares, Kalle und Nele, die noch vor wenigen Wochen zur Verabschiedung ihres Vaters fröhlich auf dem Groß Buchwalder Dorfplatz herumhüpften, saßen völlig regungslos zwischen Oma und Tante. Aus den kleinen bleichen Kindergesichtern sprach eine bedrückende Mischung aus Traurig- und Ahnungslosigkeit. Immer wieder blickten sie verstohlen zu ihrer Mutter.

Aus der Trauergemeinde drangen etliche Schluchzer und Nasenputzgeräusche nach vorne zur Familie. Erst als die schwere Kirchentür aus altem Eichenholz geöffnet wurde und der mit der Deutschlandfahne bedeckte Sarg von Udo Klotz von sechs Groß Buchwalder Feuerwehrkameraden in die Kirche getragen wurde, erfüllte eine unheimliche dröhnende Stille das Kirchenschiff. Nur von draußen erklangen die Glocken aus dem hölzernen Turm mit mächtigem Geläut.

In einem beeindruckenden Meer von bunten Kränzen und Blumengestecken wurde der helle schlichte Holzsarg von den Feuerwehrleuten vorsichtig vor dem Altar abgestellt. Die Kameraden konnten trotz ihrer konzentrierten Aufgeregtheit einen besonders intensiven Blick auf die prächtigen Kränze von der Bundeskanzlerin und der Verteidigungsministerin nicht vermeiden. Als sie schließlich an der Seite des Kirchenschiffes Platz genommen hatten, begann der junge Pastor den – wie sich später herausstellen sollte – ersten Trauergottesdienst seines Lebens.
„Liebe Trauergemeinde, liebe Familie und Freunde des Verstorbenen. Wir haben uns heute zusammengefunden, um unseren Toten, unseren lieben Udo Klotz zu beerdigen." Mit warmen und einfühlsamen Worten schilderte der junge Pastor den viel zu kurzen Lebensweg von Udo Klotz. Seine anfängliche Angst, diese in der Öffentlichkeit so beachtete Trauerfeier eigenverantwortlich durchführen zu müssen, hatte sich nach einigen Sätzen gelegt. Seine Stimme wurde ruhiger und kräftiger. „Udo Klotz, der immer von einem tiefen Gerechtigkeitssinn geprägt war, hat sich freiwillig für diesen gefährlichen Einsatz im Syrien-Krieg gemeldet. Er, der immer eine große und tiefe Liebe für seine Ehefrau und seine beiden kleinen Kinder gefühlt hat, war davon überzeugt, dass sein Tun richtig und wichtig war. Er wollte durch seinen Einsatz helfen, den unzähligen syrischen Familien trotz des dortigen Bürgerkrieges zukünftig ein friedliches Leben zu ermögli-

chen. Diese übermenschliche Hilfsbereitschaft musste Udo Klotz mit seinem eigenen Leben bezahlen. Er ist nach dem Absturz seines Flugzeuges und einem qualvollen Martyrium als Gefangener der IS-Terroristen auf dieselbe menschenverachtende Art getötet worden, wie der Namenspatron dieser Kirche:
Auch Johannes dem Täufer, bis heute als Beschützer und Namensgeber beliebt und in der katholischen Kirche sogar als Schutzheiliger vieler Berufe geehrt wird, wurde der Kopf abgeschlagen. Die Geschichte von Herodes und seiner Tochter Salome..." Weiter kam der Pastor nicht. Lautes hysterisches Heulen und vereinzeltes Aufschreien in der Trauergemeinde verhinderten ein Weiterführen der Trauerrede. Die junge Witwe fing hemmungslos an, zu schluchzen und musste von ihren um Fassung ringenden Eltern beruhigt werden. Um die katastrophale Situation einigermaßen zu retten, begann der Organist, eines der von der Trauerfamilie gewünschten Lieder zu spielen. Nach einiger Zeit stimmte die Gemeinde in den die Seelen beruhigenden Choral ein.
Als die letzten Takte von ‚Der Herr ist mein Hirte' verklungen waren, stand ein hochdekorierter Oberst des Fliegerhorstes Jagel, in dem Udo Klotz seinen Dienst absolviert hatte, auf und ging mit zackigen Schritten, den Soldatenrock selbstbewusst tragend, nach vorne.

Anders als von vielen Trauergästen erwartet oder befürchtet, hielt dieser stramme Soldat eine sehr persönliche und einfühlsame Rede, in der er die Situation der im Syrienkrieg eingesetzten Soldaten eindrucksvoll schilderte.

„Wir haben uns nach den Einsatzflügen oft über unsere Aufgabe vor Ort und die sich hieraus ergebenden Risiken unterhalten. Gerade Udo Klotz war derjenige, der immer wieder betonte, dass wir Deutschen mit viel Glück 70 Jahre Frieden und Freiheit in unserem Land erleben durften und deshalb anderen Völkern, die diese Gnade nicht genießen können, bei der Bekämpfung von Feinden beistehen müssen. Udo Klotz ist zwar einen schrecklichen und viel zu frühen Tod gestorben. Aber dieser Tod war nicht sinnlos. Das sollten Sie, liebe Frau Klotz, sich und ihren Kindern immer wieder klar machen: Ihr Mann, der Vater Ihrer Kinder, hat geholfen, dem unterdrückten und geknechteten syrischen Volk den wohlverdienten Frieden und die ersehnte Freiheit zu bringen. Dieses war immer eines der erklärten Ziele unseres lieben Toten."

Die tröstenden Sätze des Soldaten halfen der Trauergemeinde, die anschließende Beisetzung des Sarges auf dem Brügger Friedhof leichter zu ertragen. Nur die Witwe und die Kinder von Udo Klotz litten zunehmend an der nicht enden wollenden Kette von Beileidsbekundungen am Grab.

Später dann, beim obligaten Leichenschmaus in Stoltenbergs Gasthof, wurden hunderte von belegten Brötchen und viele Platten Butterkuchen von hungrigen Mündern verzehrt. Zuerst gab es Kaffee oder Tee dazu. Später dann Bier und Korn. Und die Stimmung der Trauergemeinde wurde mit jeder Runde entsprechend lockerer. Aber das ist auch gut so!

Kapitel 4

Bei dem steifen Nordwest war es nicht leicht, die Wachsfackeln anzuzünden. Schließlich gelang es in einem Kreis schützend ausgebreiteter Jacken. Dann ging es schnell von Fackel zu Fackel, und schon waren die fünfzig Wanderer abmarschbereit. Die abendliche Wanderung der Gruppe führte aus dem ökologischen Gewerbegebiet heraus auf dem Eidertalwanderweg bis nach Techelsdorf. Bereits nach einer halben Stunde klang den munter ausschreitenden Wanderern das Signal „Begrüßung" von den Jagdhornbläsern des Hegeringes Bordesholm entgegen und lud zur Rast. Nach einer kleinen gehaltvollen Erfrischung drängte eine Gruppe zum Aufbruch:

„Dat ist to kold, hier rüm to stahn. Laat uns man sehn, dat wi in den Krog kaamt", drängte ein Wanderer, aber sofort kam Protest:

„Man sinnig, wi sünd ja nich op de Flucht. Warme Kledage hebbt wi ok an. Un in'n Dörpskroog kriegt al wat op'n Teller! Laat uns man langsam gahn."

Die Geschäftsfrau äußerte diese Kritik seit Jahren bei der Vorbereitung der Wanderung im Gewerbeverein. Das hatte dazu geführt, dass in der Ankündigung zu einer „Wanderung im Spaziergängertempo" eingeladen wurde. „Mit Aufbruch zur Jagd" verabschiedeten die Bläser die diskutierende Gruppe.

Der zweite, längere Streckenabschnitt führte an der Bahnlinie Neumünster – Kiel entlang zunächst über eine ebene Fläche. Das Spülfeld war beim Bau der Bahnlinie entstanden. Auf dem kargen Boden hatte sich eine besonders schützenswerte Flora gebildet. Deshalb darf der Eidertalwanderweg hier nicht ausgebaut und befestigt werden. Die Wanderer mussten einige matschig tiefe Stellen überwinden. Hinzu kam, dass die Fackeln nach und nach erloschen. Nicht alle hatten Taschenlampen dabei, so dass mancher Schritt ins Ungewisse führte. Die ganze Konzentration der Frauen und Männer galt dem Weg. Als die Gruppe an der von einer Kiesbaufirma gespendeten Schutzhütte vorbeikam, näherten sich ebenso vorsichtig wie neugierig die im Eidertal in offener Weidewirtschaft lebenden Auerochsen. Auch die aus der Dunkelheit auftauchenden massigen Tiere nahmen die Aufmerksamkeit der Wanderer in Anspruch und lösten in manchem ein beklemmendes Gefühl aus. Mit Matsch und Naturerlebnis beschäftigt bemerkte in der Finsternis niemand die Figur, die zusammengekauert in einer Ecke der offenen Schutzhütte saß.
Schmackhafter Grünkohl erwartete die Ankömmlinge im Krug „An`n Dörpskrog". Die vorausgefahrenen Jagdhornbläser begrüßten die Wandergruppe mit einigen Signalen. Kaum war der Beifall für „Essen fassen" verklungen, wurden dampfende Schüsseln mit Grünkohl, große Platten voller Kasseler, Kochwürsten und köstlicher Schweinebacke aufge-

tragen. Die Geister schieden sich wie immer an den Fragen, ob über den Grünkohl Zucker gestreut werden solle und ob die Bratkartoffeln karamellisiert sein sollten. Ein Grünkohlmahl ist schnell vorbei, nicht vergleichbar mit einem französischen oder italienischen Menü, das sich über Stunden hinziehen kann. Schon wurde abgeräumt, der Wirt prostete seinen Gästen mit einem Verteilerschnaps zu, und nach einer Weile fröhlicher Unterhaltung brachen die ersten auf. Für den Heimweg hatte man Fahrgemeinschaften gebildet und Autos auf dem Parkplatz vor der Wirtschaft bereitgestellt. Nur eine Gruppe junger, sportlicher Männer und Frauen machte sich zu Fuß auf den Rückweg.

Inzwischen hatte Sturm die Wolken aufgerissen. Heller Mondschein wechselte mit tiefer Dunkelheit. Fackeln gab es keine mehr, nur ab und an blitzten Taschenlampen auf. Ausgelassen plaudernd näherte sich die Gruppe der Schutzhütte. Die Rinder hatten sich in ihre Ruhezonen zurückgezogen. Der Strahl einer Taschenlampe wanderte über die Weide und erfasste dann die Schutzhütte.

„Halt! Wartet mal!" Das helle Licht der LED-Leuchte des jungen Handwerksmeisters ruhte auf einer leblosen Person, die in sich zusammen sackt in einer Ecke der Blockhütte saß. Um den Hals trug sie ein großes weißes Schild. Näher getreten erkannten die Wanderer rote, geschwungene arabische Buchstaben darauf.

ل ل الموت ، أك بر الله
ك فار

Der Kopf des Mannes war auf die Brust gesunken, es schien, als halte er die beschriftete Tafel wie ein Werbeschild mit dem Kinn. An den Seiten des Halses, die nicht vom Kinn verdeckt wurden, klaffte eine blutverkrustete Schnittwunde.
Hauptkommissar Bielfeld und seine Kollegin Erika Friedberg trafen um Mitternacht als erste am Tatort ein. Das Fahrzeug der Spurensicherung hatte sich im Schlamm des Wanderweges festgefahren. Nach der Aufnahme der Personalien und einer kurzen Befragung wurden die sechs Teilnehmer der Grünkohlwanderung nach Hause entlassen. Bielfeld trat an den Toten heran und ließ den Taschenlampenkegel langsam von oben nach unten über den leblosen Körper wandern. Zuletzt fokussierte er den Kopf und das am Hals hängende Schild:
„Kennst du den? Was steht auf dem Schild? Kannst du das lesen?"
„Drei Fragen auf einmal. Nein, ich kann das nicht lesen. Sieht aus wie eine kalligraphisch verschönte Aussage, vielleicht etwas Religiöses. Und ja, ich kenne den Mann."
Bielfeld blickte seine Kollegin erstaunt an.
„Wie er heißt, weiß ich nicht. Er lebt schon einige Zeit in Bordesholm, ist Araber, aus welchem Land

weiß ich auch nicht. Er arbeitet als Zahnarzt in einer Praxis am Bahnhof. Die Leute nennen ihn Dr. Schiwago, wegen seines Aussehens."

Bielfeldt sah nochmals in das Gesicht der Leiche. Und in der Tat: Der Tote ähnelte dem jungen Omar Sharif in seiner Rolle als dichtendem Arzt in ‚Dr. Schiwago'.

„Dann wäre das ja geklärt. Brauchen wir nur noch jemanden, der uns sagt, was auf dem Schild steht. Morgen."

Die Scheinwerfer des Feuerwehrwagens, der die Spurensicherung aus dem Schlamm gezogen hatte, beleuchtete plötzlich die gespenstische Szene.

Kapitel 5

Anna Hof bastelte. Unter ihren geschickten Händen entstand mit Schere und Kleister aus Zeichenkarton eine große, runde Uhr. Die frühpensionierte Lehrerin bereitete sich ebenso gewissenhaft auf den Unterricht vor wie während ihrer aktiven Zeit. Im Schuldienst hatte sie die Fächer Deutsch und Sport unterrichtet. Ihr Mann, auch Lehrer, hatte oft über ihre sorgfältige Unterrichtsvorbereitung gefrotzelt: „Mach`s doch wie ich. Fünfzig Prozent Schwellenstunden. Mir fällt auf der Schwelle ins Klassenzimmer schon ein, was ich den Schülern beibringen werde." Aber er war ein anderer Typ.
Das alles hundertprozentig machen. Kritik, vor allem der fordernden Eltern, nahm sie sich zu Herzen. Das war ein Grund für ihre immer anfälliger werdende Gesundheit. Als dann ihr Mann durch einen Herzinfarkt starb, brach die Pädagogin vollends zusammen. Einige Kuren und Therapiemaßnahmen brachten nur kurzfristige Erfolge. Anna Hof wurde mit 56 Jahren in den Ruhestand geschickt. Ohne die Belastung durch die Schule stabilisierte sich ihr Gesundheitszustand, sie engagierte sich in gemeinnützigen Organisationen und fand einen neuen Bekanntenkreis. Als Sprachlehrer für Flüchtlinge gesucht wurden, meldete sie sich. Zweimal in der Woche unterrichtete die leidenschaftliche Pädagogin Araber in der deutschen

Sprache. Die Uhrzeiten standen auf ihrem Stundenplan. Gedankenverloren drehte Anna Hof an den Zeigern. Mit Hilfe eines Wörterbuches versuchte sie, die Uhrzeit in arabischer Sprache auszusprechen. In Gedanken hörte sie ihre Schüler über ihre Bemühungen fröhlich lachen, als es an der Tür läutete. Nach dem Tod ihres Mannes hatte Anna Hof das gemeinsame Haus verkauft und war in eine Wohnung auf dem Mühlenhof hinter dem Bordesholmer Rathaus gezogen. Sie nahm den Hörer der Gegensprechanlage ab:
„Ja, bitte?"
„Frau Hof? Ich bin Hauptkommissar Bielfeld von der Polizei. Bei mir ist meine Kollegin Friedberg. Wir haben einige Fragen an sie."
„Polizei? Worum geht es denn?"
„Das erklären wir ihnen sofort. Dürfen wir hereinkommen?"
Anna Hof zögerte.
„Zunächst möchte ich ihre Ausweise sehen. Sonst lasse ich Sie nicht in die Wohnung. Zweiter Stock."
„Natürlich."
Der Summer ertönte, die Polizisten stiegen die Treppe hinauf und standen vor einer stattlichen, gepflegten Frau, die sorgfältig ihre Ausweise kontrollierte.
„Gut, kommen sie herein. Ich lebe alleine, bin etwas vorsichtig. Was man alles so liest und sieht… Aber was wollen sie eigentlich von mir?"

„Wir haben erfahren, dass Sie Ausländer in Deutsch unterrichten. Wir ermitteln im Fall von Herrn Djadi Al Shaar, einem syrischen Staatsbürger. Kennen Sie ihn?" Erika Friedberg hatte die Rolle der Fragenden übernommen, Bielfeld beobachtete die Befragte genau. Anna Hof zögerte fast unmerklich.
„Nein. Ich glaube nicht. Jedenfalls nicht unter diesem Namen. Weshalb wollen sie das wissen? Was ist mit dem Herrn?"
Lag da Besorgnis in der Antwort? Oder Unsicherheit, weil sie genau wusste, was mit Al Shaar geschehen war? Bielfeld war sich nicht sicher. Er sah sich in dem Wohnzimmer, in das Anna Hof die Polizisten gebeten hatte, um. Auf einer Kommode entdeckte er eine gerahmte Karte mit einer arabischen Kalligraphie.
„Wissen Sie, was das heißt?" fragte Bielfeld und deutete auf die Schrift.
„Ich glaube, Allah ist groß, aber ich weiß es nicht genau. Ich habe das von einem Schüler bekommen", erklärte die Pädagogin.
„Haben Sie auch Herrn Al Shaar unterrichtet? Wäre das möglich?"
„Nein, ich glaube nicht. Ich mache das ja erst seit einem Jahr."
Bielfeld wollte das Geplänkel beenden: Er zog ein Foto aus der Jackentasche und legte es auf den Tisch. Es zeigte den Kopf des ermordeten Djadi Al Shaar mit dem Schild um den Hals. Anna Hof wurde leichenblass.

„Fällt ihnen nun etwas zu dem Herrn ein?" fragte Bielfeld. Die Lehrerin brach zusammen, schluchzte, musste sich sammeln.
„Ja. Ich kenne ihn. Was ist mit ihm geschehen? Wer hat das gemacht?" stieß sie hervor.
„Das wollen wir herausfinden. Wann haben sie ihn zuletzt gesehen?"
Anna Hof nahm das Polizeifoto, führte es dicht an ihre Augen heran. Unter Tränen sagte sie:
„Vor etwa vier Wochen. Wir waren essen. Und danach hat er sich von mir getrennt."
„Waren sie ein Paar?"
Anna Hof nickte unter Schluchzern.
„Ja – nein. Nicht richtig."
„Und warum hat er sich von ihnen getrennt?"
„Ich hatte ihn gefragt, ob wir unsere Beziehung legalisieren wollen. Hätten wir geheiratet, wäre eine Ausweisung nach Syrien unmöglich gewesen. Aber er lehnte ab. Sehr brüsk."
Die Frau weinte jetzt laut und anhaltend.
„Er sagte, er habe Frau und drei Kinder in Damaskus. Sobald es möglich sei, würde er zu ihnen zurückgehen. Oder die Familie nachholen."
„Sie fühlten sich benutzt? Waren wütend auf ihn?" fragte Erika Friedberg.
„Ja, ja! Verdammt. Er hatte mir zwar nie direkt Hoffnungen gemacht, war stets höflich und zurückhaltend. Aber ich habe mir etwas eingebildet. Das ist mir in den letzten Wochen klargeworden. Er wollte meine Freundschaft. Wir haben uns lange

und gut unterhalten. Er war so sensibel, so einfühlsam und gebildet. Ich war ein wenig sein Anker in der Fremde. Ich habe ihn missverstanden…"

„Können Sie arabisch schreiben. Auch so Kalligraphie?"

„Schreiben nein. Aber ich habe mich an Kalligraphie versucht. Unter Djadis Anleitung."

„Wo waren sie am letzten Sonnabendabend?"

Anna Hof wurde ganz ruhig.

„Sie verdächtigen mich? Ich soll Djadi ermordet haben? Wissen sie, dass Djadi ‚mein Glück' heißt? Ich werde doch mein Glück nicht töten. Nein, ich habe kein Alibi, war allein zu Hause, Unterrichtsvorbereitungen und Fernsehen. Bin ich jetzt verhaftet?"

Bielfeld und Friedberg sahen sich an. Bielfeld räusperte sich:

„Nein, Frau Hof, Aber, bitte verreisen sie nicht."

Kapitel 6

Im Gerätehaus der Groß Buchwalder Wehr roch es nach Bier, Bratwurst und Männerschweiß. Aber anders als bei den sonstigen Dienstabenden hatten sich die Kameraden beim Verzehr der Würste und des obligaten Kartoffelsalates nicht lautstark über die neuesten Mähdrescher- und Traktorenmodelle der letzten landwirtschaftlichen Messe unterhalten. Auch die sonst üblichen detaillierten Erfahrungsberichte über Wochenenderoberungen bei Scheunenfesten oder privaten Feten fehlten diesmal völlig. Stattdessen gab es leise Gespräche in kleinen Gruppen: Auf der linken Seite zwischen den Junkern, auf der rechten unter den älteren Kameraden und an der Stirnseite des Raumes unter den Mitgliedern des Wehrvorstandes: Alle diskutierten den Verlauf der Beerdigung von Udo Klotz. Besonders hämische Bemerkungen erntete der Pastoren-Azubi wegen seiner zwar gutgemeinten, aber dennoch völlig missglückten Rede.
Als der letzte leergeputzte Teller in der Spülmaschine verstaut war, ergriff Wehrführer Jochen Plagmann das Wort:
„Liebe Kameraden, wir haben heute wieder engagiert für den nächsten Amtsfeuerwehrtag geübt. Dafür möchte ich mich schon mal bei euch allen sehr herzlich bedanken. Wie angekündigt, wollen wir unseren heutigen Dienstabend aber auch nut-

zen, um unseres gefallenen Kameraden Udo Klotz zu gedenken. Bitte erhebt euch alle für eine Schweigeminute von euren Sitzen."

Mit betretenen Mienen gedachten die Feuerwehrleute ihres in Syrien getöteten Kameraden.

„Wieder einer, der dem berühmt-berüchtigten 27er-Club beigetreten ist. Traurig, dass es so ein netter Kollege war", unterbrach Jan Rohwer das Schweigen.

„Was ist denn der 27er-Club?", wollte einer der Junker wissen.

„Noch nie etwas von Brian Jones, Jimi Hendrix, Janis Joplin, Jim Morrison und Kurt Cobain gehört? Alles begnadete Musiker, die genau wie Udo in diesem Alter gestorben sind."

„Ach ja, Amy Winehouse gehört ja auch dazu." Mit diesem Namen konnten auch die Junker etwas anfangen.

„Aber die sind alle Opfer ihres exzessiven Lebenswandels geworden, während Udo durch fremde Schuld so früh gestorben ist. Nur weil unsere Bundesmutti und ihre Waffenuschi solch schrottreife Arbeitsgeräte an unsere Soldaten geliefert haben, musste Udo sterben." Einer der älteren Wehrkameraden konnte seine ihm angeborene Flapsigkeit auch in dieser schweren Stunde nicht unterdrücken.

„Sag mal Hanjo, du hast doch von uns allen die größte Bundeswehrerfahrung. Wie siehst du denn dieses Problem?" Jochen Plagmann versuchte, etwas mehr Sachlichkeit in die Diskussion zu bringen.

„Die schlechte Qualität von vielen Waffensystemen bei der Bundeswehr ist ja mittlerweile legendär. Es ist aber noch nicht vollständig geklärt, ob hier zusätzlich individuelle Bedienungsfehler von Udo oder von seinem Waffensystemoffizier vorliegen."

„Ach Hanjo, das ist doch ziemlich egal! Der ganze Syrien-Einsatz der Bundeswehr grenzt an Schwachsinn. Mit zusätzlichen Waffen und gesonderten Kampfeinsätzen in dieser seit Jahren heiß umkämpften Region kann man einfach keinen Frieden schaffen!"

Der ältere Kamerad kam langsam, aber sicher in Wallung.

„Da hast du leider völlig Recht. Seitdem die deutschen Tornados in Syrien eingesetzt werden, sind die Kämpfe zwischen den Truppen des Islamischen Staates, der Regierungsarmee von Präsident Bashar Assad und den unterschiedlichen Rebellengruppen noch blutiger und aggressiver geworden." Hanjo versuchte zu schlichten.

„Es ist leider so, dass der Krieg in Syrien immer menschenverachtender wird. Aber die traurige Tatsache, dass aus einem innersyrischen Konflikt ein Krieg mit geostrategischen Dimensionen geworden ist, der einen Dritten Weltkrieg sogar als möglich erscheinen lässt, hat nichts mit den deutschen Tornados zu tun. Hier spielen Interessen von Welt- und Regionalmächten eine traurige, aber wichtige Rolle. Gerade Russland und der NATO-Partner Türkei wirken in besonders perfider Weise mit!"

Trotz des vierten Bieres erwies sich der ältere Kamerad als sehr diskussionssicher.

„Liebe Leute, wir werden hier und heute den Weltfrieden nicht retten können. Lasst uns bitte überlegen, wie wir Udos Witwe und seinen beiden Kindern in dieser schrecklichen Situation helfen können." Jochen wurde seiner Rolle als verantwortungsvoller Wehrführer wieder mal gerecht. Die Kameraden überlegten in sehr netter Weise, wie viel Geld sie aus der Kameradschaftskasse für die Ausbildung von Kalle und Nele anlegen könnten. Außerdem wollten sie ihre Ehefrauen und Freundinnen bitten, sich verstärkt um die junge Witwe zu kümmern. Die Groß Buchwalder haben schließlich in Krisensituationen immer vorbildlich zusammengehalten.

Kapitel 7

„Finn, du musst aufstehen. Sieben Uhr ist durch!"
Erika Friedberg schaltete, eine Tasse mit duftendem Kaffee in der Linken, das Küchenradio ein. Aber was war das? Kamen da nicht Stimmen aus dem Zimmer ihres Sohnes? Sie schaltete das Radio wieder aus und lauschte. Ja, ohne Zweifel, Finn redete mit jemandem. Eine weibliche Stimme. Finn`s Zimmer lag in einem flachen Anbau, der von der Küche durch einen schmalen Flur getrennt war. Die Tür zu dem Flur, der auch zum Bad führte, stand offen. Auf leisen Sohlen pirschte sich die besorgte Mutter an die Zimmertür, aus der die Stimmen klangen, heran. Skrupel überkamen sie noch nicht.
„Ich wollte doch abhauen, bevor jemand wach wird. Und nun, warum hast du mich nicht geweckt?"
Das Mädchen flüsterte. Erika Friedberg glaubte, die Stimme von Nasrin zu erkennen, einer Freundin ihres Sohnes. Aber sie hatte angenommen, dass die beiden der Sport verband. Sie spielten Badminton, und gerade hatte Finn seine Mutter um die Erlaubnis gebeten, dass sie sich zu einem Schnupperkurs im vitaMAX anmelden dürften.
„Na, wenigstens etwas darf ich noch erlauben."
Erika Friedberg lächelte grimmig. Aus dem Zimmer hörte sie Finn:

„Noch ist nichts verloren. Du kannst noch weg. Durchs Fenster. Der Garten ist eingewachsen, so leicht sieht dich niemand. Wir treffen uns dann in der Schule."

Flüstern, rascheln, dann wurde das Fenster geöffnet. Unschuldig rief Finn übertrieben laut:

„Ja, Mama, ich komme!"

Erika Friedberg widerstand dem Drang, in das Zimmer zu stürmen. Leise zog sie sich in die Küche zurück. Der Kaffee war inzwischen abgekühlt. Sie sah Finn über den Flur ins Bad huschen.

„Na warte, Freundchen. So leicht kommst du mir nicht davon." In dem Kopf der im Verhören Verdächtiger geübten Frau formierten sich Fragen. Schließlich saß sie Finn gegenüber am Küchentisch:

„Hast du mir nichts zu sagen?"

„Mmh, nee, nicht dass ich wüsste." Finn kaute auf einem Nutellabrot.

„Hattest Besuch heute Nacht?"

Finn verschluckte sich an seinem Kakao. Aber die Kommissarin ließ sich nicht beirren:

„Wer war denn bei dir? Kenne ich sie?"

Finns Kopf war puterrot:

„Ja. – Nasrin."

„Und was macht Nasrin nachts in deinem Zimmer?"

„Es war spät gestern. Wir haben gemeinsam Fußball geguckt. In der Sports-Bar im SAM." Finn brachte die Worte nur schwer heraus.

„So weit, so gut. Und dann?"

„Dann war es nach 12 Uhr. Da schließen die in der Wohngemeinschaft, in der Nasrin wohnt, ab. Sie hätte den Erzieher wecken müssen. Und du warst nicht zu Hause…"

„Ah so, sturmfreie Bude, hat sich der junge Herr gedacht."

„Ja. Nasrin wollte sich nach sechs, wenn die WG aufgeschlossen wird, rein schleichen. Hätte ja auch klappen können. Wenn wir nicht verpennt hätten."

„Habt ihr aber. Ich glaube, ich muss das den Erziehern der jungen Dame mitteilen. Wer weiß, was die denen erzählt. - Habt ihr wenigstens Kondome benutzt?"

„Mama! Wo denkst du hin? Nasrin hat bei mir übernachtet. Wir haben ein bisschen gekuschelt. Und dann sind wir eingeschlafen", sprudelte es spontan aus Finn heraus. Seine Mutter war überzeugt: Ihr Sohn sagte die Wahrheit. Für ihn wurde es Zeit. Er holte den Schulrucksack aus seinem Zimmer, hauchte seiner Mutter einen Kuss auf die Wange und war mit einem „Bestimmt nicht, Mama!" verschwunden. Zurück blieb eine in sich versonnene Mutter, die sich fragte: Habe ich alles richtiggemacht? Was hätte ich ihm noch sagen müssen? Er vertraut mir nicht, sonst hätte er sie doch nicht durch das Fenster verschwinden lassen. Und das Mädchen? Woher kam sie? Wer war sie? Erika Friedberg setzte sich im Wohnzimmer an ihren Sekretär, nahm einen Briefbogen und schrieb:

„Lieber Finn, wenn du nach Hause kommst, bin ich sicher noch unterwegs. Ich würde gerne mit euch beiden, mit dir und Nasrin, sprechen und lade euch zu Kuchen und Kakao oder Kaffee ein. Heute Nachmittag um 17.00 Uhr. Bis dahin liebe Grüße, auch an Nasrin, deine Mutter." Erika Friedberg legte den Brief auf den Küchentisch und machte sich auf den Weg ins Büro.

Kapitel 8

Ein wenig angespannt wirkte der Amtsdirektor schon, als er die Bürgerversammlung im Bordesholmer Rathaus zum Thema ‚Unterbringungsmöglichkeiten für die Flüchtlinge in Bordesholm' eröffnete:
„Meine Damen und Herren, vor einem Jahr haben wir uns hier getroffen, um die damalige Trinkwasserproblematik zu lösen. Dieses ist uns zum Glück sehr gut gelungen. Jetzt gibt es eine neue Herausforderung für uns alle: Für die Angestellten des Amtes, für die Bürgermeister und Gemeindevertreter der Amtsgemeinden und deren Bewohner: Die Unterbringung und Integration von weiteren Flüchtlingen aus den Krisengebieten Syrien, Afghanistan und Irak. Leider haben- wie ihnen allen bekannt sein dürfte – weder die Friedensverhandlungen in Genf zu einem dauerhaften Frieden in Syrien geführt noch waren die Brüsseler und Berliner Bemühungen, die Flüchtlingsproblematik zu entschärfen, erfolgreich. Politiker aller Parteien gehen mittlerweile davon aus, dass auch in 2016 circa eine Millionen Flüchtlinge und Asylbewerber nach Deutschland kommen werden. Für uns im Amt Bordesholm bleibt die Aufgabe, die Integration der bisherigen 550 Flüchtlinge, die bei uns untergebracht sind, weiterhin zu forcieren. Darüber hinaus haben wir laut Informationen des Kieler Innenmi-

nisteriums in den nächsten drei Monaten für weitere 300 Flüchtlinge aus den vorhin genannten Ländern Erstaufnahmeplätze zu schaffen."
Als erstes ergriff der Dorfbürgermeister einer kleineren Amtsgemeinde das Wort:
„Heinrich, wir schaffen das nicht! Auch wenn unsere Bundeskanzlerin ihre entsprechende Ansicht immer wieder gebetsmühlenartig unter die Leute bringt: Die Gemeinden sind mittlerweile finanziell und personell am Ende!"
„Bei uns stehen auch keine zusätzlichen Wohnungen zur Verfügung. Und für Containersiedlungen haben wir keinen Platz. Außerdem wollen wir uns doch unser schönes Dorf nicht verschandeln!" Der Nachbarkollege blies vehement ins gleiche Horn.
„Meine Damen und Herren, uns allen ist die Problematik vor Ort durchaus bewusst. Deshalb wollen wir doch hier und heute nach gemeinsamen, neuen Ideen, vielleicht auch unkonventionellen Alternativen, suchen." Der Amtsdirektor suchte den Blickkontakt zu den zahlreichen Zuschauern: „Hierbei sind auch Vorschläge von Ihnen, meine Damen und Herren, herzlich willkommen."
„Ist es nicht möglich, landwirtschaftliche Gebäude hierfür zu nutzen? Notfalls können doch ergänzend Mobiltoiletten organisiert werden." Ein Lehrer der Hans-Brüggemann-Schule eröffnete die Diskussion.
„Dieser Blödsinn kann nur von einem Städter wie ihnen kommen. Wir Landwirte brauchen unsere Gebäude. Außerdem ist das Brandrisiko viel zu

hoch, wenn hunderte von Leuten ohne entsprechende Bewachung auf unseren Höfen herumlungern." Hans-Werner Meyer aus Negenharrie hatte mal wieder mit seinem Bluthochdruck zu kämpfen, wie deutlich an seiner dunkelroten Gesichtsfarbe zu erkennen war.

Ein fülliger Endfünfziger mit altmodischer Kassengestell-Brille auf der Nase und dunklen Schweißflecken unter den Ärmeln seines beigen Anzugs stand umständlich auf:

„Meine Damen und Herren, gestatten sie mir, dass ich mich kurz vorstelle: Mein Name ist Jan-Peter Heller. Ich arbeite als Rechtsanwalt in Kiel. Da ich aber seit vielen Jahren in Bordesholm wohne, bin ich hier seit etlichen Wochen in der Flüchtlingshilfe tätig, indem ich den Flüchtlingen bei Behördengängen und beim Stellen von Asylanträgen helfe."

„Und was ist ihr Vorschlag, Herr Heller?" Der Amtsdirektor unterbrach den Wortschwall des Rechtsanwaltes.

„Ich habe im Vorwege Informationen über die Größe der Turnhallen in der Hans-Brüggemann-Schule und in der Lindenschule eingezogen. Hier und zusätzlich im SAM-Sportpark im Moorweg könnten bequem 150 bis 180 Asylbewerber untergebracht werden. Es gibt dort auch eine entsprechend große Anzahl von Duschen und Toiletten, so dass auch die hygienischen Anforderungen teilweise erfüllt werden können."

„Bei ihrer verbesserungswürdigen Figur sollten sie auch mal lieber Sport treiben, Herr Rechtsanwalt. Aber versündigen sie sich nicht an unseren Kindern. Die sollen später nicht so schrecklich aussehen wie sie!" Aufgebracht stand eine drahtige junge Frau aus der ersten Reihe auf und blickte giftig auf Herrn Heller.

„Meine Damen und Herren, ich bitte sie alle um Contenance. Und bitte keine persönlichen Angriffe, die uns wirklich nicht weiterhelfen!" Der Amtsdirektor versuchte mal wieder zu schlichten. Aber ohne Erfolg: Der Abend im Rathaus endete in einer endlosen Diskussion, die voller Aggressionen und persönlichen Vorwürfen steckte. Aber wenigstens gab es diesmal keine Schlägerei auf dem Bordesholmer Marktplatz wie im letzten Jahr.

Kapitel 9

Im Landgericht Kiel, einem massiven Backstein- und damit typischen deutschen Gerichtsgebäude aus den zwanziger Jahren des letzten Jahrhunderts, war die Besonderheit dieses Strafprozesses deutlich zu spüren:
Vor dem Komplex standen etliche Polizeiwagen, vollbesetzt mit schwer bewaffneten Beamten, die den Berufsverkehr im Schützenwall und in den Nebenstraßen behinderten.
Im Eingangsbereich des Gerichtes, der mit Halbsäulen, rundbogigen Portalen und Balkonen sehr repräsentativ gestaltet war, wurden alle Zuschauer aufs Schärfste nach Waffen durchsucht und durch die geballte Staatsmacht eingeschüchtert.
Selbst die Prozessbeteiligten inklusive der erfahrenen Richter und Staatsanwälte zeigten zumindest am Anfang der Verhandlung eine angespannte Mimik und Gestik.
Diese wurde aber durch die sichtbare Aufgeregtheit der Strafverteidiger noch getoppt:
Allen drei Rechtsanwälten – vom unerfahrenen Pflichtverteidiger und Berufsanfänger bis zum altgedienten Verteidigerfuchs - war sowohl der Nervenkitzel wegen der heutigen Urteilsverkündung, aber auch die Erleichterung über das bevorstehende Ende des wochenlangen und nervenzehrenden Strafprozesses anzumerken.

Die beiden jüngeren Angeklagten – Karim (26 Jahre) und Claas (23 Jahre) – konnten einem fast leidtun. Sie trugen im Gesicht die vornehme Blässe der wochenlangen Untersuchungshaft, was besonders bei dem südländischen Karim fast bizarr wirkte. Wegen der angelegten Handschellen waren ihre Bewegungen linkisch und ungeschickt, ihre letzten Worte als Angeklagte vor der Urteilsverkündung wurden gestottert oder gestammelt: die pure Angst vor einer langjährigen Freiheitsstrafen, wie sie die Staatsanwälte in ihren Plädoyers gefordert hatten, kroch ihnen förmlich aus den Poren.

Ganz anders das Auftreten des Hauptangeklagten Raffael: Mit unverschämt breitem Grinsen und machohaft auseinander gestreckten Beinen zeigte er aller Welt deutlich, dass ihn dieses kleinbürgerliche Bestrafungsszenario, das den für ihn alleine maßgeblichen Gesetzen der Scharia widerspricht, überhaupt nicht interessiert.

Selbst nach der Aufforderung des Vorsitzenden Richters, zur Urteilsverkündung aufzusehen, blieb er gelangweilt gähnend sitzen. Erst nach nochmaliger, sehr eindringlicher Ermahnung des Richters flötzte er sich langsam von der Angeklagten-Bank hoch, die mit Handschellen gefesselten Arme demonstrativ nach oben gerichtet.

Aber der Vorsitzende Richter ließ sich durch diese Mätzchen nicht aus der Ruhe bringen und verlas mit klarer Bariton-Stimme das Strafurteil:

Raffael wurde wegen versuchten Totschlages in vier Fällen und vollendeter gefährlicher Körperverletzung in 12 Fällen in Tateinheit mit dem Herbeiführen einer Sprengstoffexplosion nach den §§ 212, 22, 224 und 308 StGB zu fünf Jahren Freiheitsstrafe verurteilt, Claas wegen des versuchten Anschlages auf das Wasserwerk zu zwei Jahren Freiheitsstrafe auf Bewährung nach §§ 224, 22 StGB und Karim wegen desselben Deliktes zu 18 Monaten auf Bewährung. Bei Claas und Karim urteilte das Gericht bedeutend milder, als es von der Staatsanwaltschaft beantragt worden war. Der zur Tatzeit minderjährige Mario war in einem gesonderten Verfahren vor dem Jugendstrafgericht zu 100 Stunden gemeinnütziger Arbeit beim Deutschen Roten Kreuz verurteilt worden.

Als die drei frisch Verurteilten von den Strafvollzugsbeamten aus dem Gerichtssaal geführt wurden, um durch gesonderte und abgeschlossene Kellergänge in ihre Gefängniszellen gebracht zu werden, gab es heftige, lautstarke, aber widersprechende Reaktionen aus den Zuschauerreihen: Von „Jungs, wir helfen euch" und „Allah ist groß - Tod den Ungläubigen" bis zu „Araberschweine, ihr gehört ins Lager!" war alles vertreten. Die anwesenden Polizeibeamten im und vor dem Gerichtsgebäude waren krampfhaft bemüht, die sich gegenseitig heftig beschimpfenden Gruppen voneinander zu trennen und den friedlichen Zuschauern einen geordneten und sicheren Heimweg zu ermöglichen.

Auf ihrem Weg in die Gefängniszellen konnten die drei Straftäter und ihr Bewachungspersonal diesen Lärm nur noch sehr verschwommen vernehmen. Raffael lenkte seine Konzentration auf die nächsten Meter seines Weges. Er wusste, dass seine Mitstreiter von den Justizbeamten in die ersten Zellen geführt wurden. Seine besonders gut gesicherte Zelle lag am Ende des Ganges. Als Raffael mit seinen zwei Begleitern dort ankam und der ältere der beiden Beamten mit dem umständlichen Öffnen der schweren Zellentür beschäftigt war, schloss der jüngere schnell und unauffällig die Handschellen von Raffael auf. Gemeinsam gelang es ihnen, den kurz vor der Pensionierung stehenden Beamten bewusstlos zu schlagen, mit einem Geschirrhandtuch zu knebeln und in der Zelle einzuschließen. Durch eine leicht zu öffnende Außentür des Kellerganges gelangen Raffael und sein Helfer direkt ins Freie und konnten in den davor geparkten BMW 540 i einsteigen. Dessen Fahrer war schlau genug, die paar hundert Meter bis zur Auffahrt zur BAB 215 unauffällig und völlig korrekt zu fahren, um die allgegenwärtigen Polizisten, die noch mit den Zuschauerrandalen beschäftigt waren, nicht auf sich aufmerksam zu machen.

Erst einen Kilometer hinter der Kreuzung Schützenwall, Westring und Autobahn gab er richtig Vollgas, um mit quietschen Reifen Richtung Hamburg zu flüchten.

*

Als sich bei den darauffolgenden Untersuchungen, die von wütenden und bissigen Bemerkungen der Öffentlichkeit kommentiert wurden, schließlich herausstellte, dass der ebenfalls flüchtige Strafvollzugsbeamte ein vom Verfassungsschutz als V-Mann eingesetzter Salafisten-Heimkehrer war, wurde die Stimmung in der Landeshauptstadt richtig verpestet. Das seit geraumer Zeit angespannte Verhältnis zwischen Staatsanwaltschaft, Polizeiführung und Verfassungsschutz war jetzt durch ein bitterböses ‚Schwarzer-Peter-Spiel' gekennzeichnet. Jeder maßgebliche Beamte schob die Verantwortung weiter und gab die Schuld an diesem Justizskandal den anderen Stellen.

Die Landes- und Kommunalpolitiker gingen in Deckung.

Und Raffael blieb verschwunden.

Kapitel 10

Claas atmete tief durch. Das ging noch einmal haarscharf an ihm vorbei. Er fühlte sich befreit. Das Gericht hatte ihn nur auf Bewährung verdonnert. Er musste sich wöchentlich bei seinem Bewährungshelfer melden und ihm berichten.
Er hatte auch schon mit Aylin telefoniert. Ganz vorsichtig hatte er gefragt, ob sie sich nicht doch noch einmal treffen könnten. Nach einigem Zögern hatte sie zugestimmt. Aber er musste ihr Versprechen, nie wieder solch eine Dummheit zu machen. Und er musste ihr auch versprechen, zunächst ihrem Bruder Karim über ihre Beziehung nicht zu berichten. Claas musste grinsen. Immerhin hatte sie von einer Beziehung gesprochen. Sie hatten eine Beziehung! Immer wenn er an Aylin dachte, wurde ihm ganz warm ums Herz. In Gedanken sah er sie vor sich, mit ihren schwarzen Haaren, ihren braunen Augen und ihrem klaren, entwaffnenden Blick, den er so liebte. Er musste sich etwas einfallen lassen, um sie zu beeindrucken. Einen Spaziergang um den Bordesholmer See, ins Kino gehen, eine Bootsfahrt auf dem Bordesholmer See. Oder etwas ganz Ausgefallenes: zum Hamburger Dom fahren. Das würde ihr bestimmt gefallen. Und mit ihrem Bruder reden, das würde sich von allein regeln, wenn klappte, was er sich vorgenommen hatte. Und er hatte sich viel vorgenommen. Er sprudelte förmlich über mit den vielen Ideen. Seit er mit Aylin gespro-

chen hatte, war er fast übermütig und nicht mehr zu bremsen.

Karim und er hatten sich in der leer stehenden Werkstatt von Karims Vater verabredet. Als Claas eintrat, empfing ihn der aromatische Geruch von Tee. Karim saß am Tisch und sah ihn verunsichert an.

„Hallo, wie geht es dir?" fragte Claas, um die Atmosphäre ein wenig zu entspannen.

„Na ja, ich bin froh, dass wir das mit dem Gericht hinter uns haben. Aber ich weiß nicht, wie es bei mir weitergehen soll. Ich habe keinen Plan."

„Genau deswegen bin ich hier. Du hast doch Betriebswirtschaft studiert, das brauchen wir." Karim sah ihn misstrauisch an:

„Ich will aber nicht noch einmal Mist bauen!"

„Nein, nein, das will ich auch nicht." Beinahe hätte Claas verraten, dass er dasselbe auch Aylin versprochen hatte. Er biss sich gerade noch auf die Zunge.

„Ich habe eine Idee, eine technische Sache. Du könntest mir mit deinem Wissen bei der Umsetzung helfen. Du, lieber Karim, könntest dich um die wirtschaftlichen Dinge kümmern." Claas hatte den Freund nicht ohne Hintergrund als lieb bezeichnet.

„Ich möchte eine Firma gründen, eine GmbH. Du sollst dich erkundigen, wie das geht."

Karim wurde langsam aufmerksam.

„Eine Firma, eine GmbH, eine Gesellschaft mit beschränkter Haftung? Da brauchst du aber Kapital.

Und wir müssen einen Business Plan erstellen. Dann müssen wir zum Notar."
„Da solltest du dich eigentlich drum kümmern."
Claas wirkte ernüchtert.
Aber Karim strahlte ihn an:
„Mit dem Business Plan gehen wir zum Arbeitsamt und beantragen Starthilfe. Wenn der Plan gut ist, dann können wir bis zu dreißigtausend Euro bekommen, die wir nicht zurückzahlen müssen, falls das Ganze in die Hose geht." Karim kam richtig in Fahrt. „Weiterhin können wir im Internet nach einer finanziellen Hilfe für unser ‚START UP' Unternehmen suchen. Wir müssen ja auch von irgendetwas leben. Ich brauche von deiner Idee eine technische Zeichnung, die Anwendungsmöglichkeiten und die Vorteile, um den Business Plan zu erstellen." Karim sah Claas entwaffnend an.
Claas war beeindruckt, er konnte Karim wirklich gebrauchen. Auch um näher an Aylin zu kommen. So machte er den nächsten Schritt.
„Kennst Du jemanden, der sich im Internet auskennt?" fragte er deshalb scheinheilig. Er wusste, wie die Antwort ausfiel.
„Ja klar, meine Schwester. Aylin hat schon im Büro gearbeitet. Die kennt sich damit aus. Und bei dem Schreibkram kann sie mich auch unterstützen. Im Augenblick ist sie einkaufen, sonst hätte ich sie gleich gefragt." Karim hatte vor Aufregung ganz rote Wangen bekommen. Er hatte eine Aufgabe, er kannte sich aus, endlich konnte er sein Wissen ein-

bringen. Er hatte einen Plan für die Zukunft. Seine Zukunft.

Karim stand auf, ging auf Class zu, umarmte ihn und sagte:

„Danke, Bruder"

Claas war gerührt. Sie verabschiedeten sich und machten einen neuen Termin für das nächste Treffen, um zu sehen, was sie bis dahin geschafft haben würden.

Claas war schon eine Weile unterwegs und mit seinen Gedanken beschäftigt, als er von hinten angesprochen wurde.

„Hat der Herr keine Augen im Kopf?" Claas drehte sich erschrocken um. Aylin ging schon eine Weile hinter ihm her und lachte ihn an. Claas merkte, wie er einen roten Kopf bekam.

„Oh, entschuldige, ich war in Gedanken, ich komme gerade von deinem Bruder. Wir haben Großes vor."

„Aha - was meinst du mit Großes?"

„Ich weiß gar nicht, wo ich anfangen soll. Wir wollen eine Firma gründen. Eine GmbH. Ich habe eine tolle Idee und Karim soll mir dabei helfen, diese Idee zu verwirklichen."

Aylin neigte ihren Kopf zur Seite und sah ihn fragend an. „Was für eine Idee?"

Claas kratzte sich am Kopf.

„Wie soll ich dir das erklären? Kennst du einen Hubschrauber? Darauf läuft es hinaus. Oder besser gesagt, auf ferngesteuerte Drohnen."

„Aha", sagte Aylin, ohne etwas verstanden zu haben. „Und wie soll das funktionieren?"
„Du hast doch sicherlich schon davon gehört, dass Amazon Versuche damit macht, die Zulieferungen der Pakete mit Drohnen durchzuführen?"
„Ja, natürlich."
„Meine Drohne ist kräftiger, kompakter und fliegt weiter. Sie kann schwere Lasten über weite Strecken transportieren. Also nicht nur in Deutschland ausliefern."
„Und wie funktioniert deine Drohne?"
„Die Teile, die ich benötige, gibt es schon. Ich muss sie nur zusammensetzen. Ich brauche als erstes einen Sternmotor."
Aylin unterbrach Claas: „Was ist ein Sternmotor?"
„Du kennst doch vom Auto einen Vier- oder Sechszylinder Motor. Das sind meistens Reihenmotoren. Das heißt, sie sind in einer Reihe hintereinander gebaut. Dann gibt es V-Motoren. Da sind die Zylinder in einer V-Form konstruiert. Und dann gibt es eben noch den Sternmotor, da sind die Zylinder in einem Kreis, wie ein Stern angebracht." Leiser sagte Claas, mehr zu sich selbst: „Wie deine Augen, die mir wie ein Stern den Weg weisen." Aber Aylin hatte es dennoch gehört. Es entstand eine peinliche Pause, weil Claas den Faden verloren hatte. Sie berührte ermutigend mit ihrer Hand wie zufällig seinen Arm.
„Und weiter?"

„Also, der Sternmotor hat eine Welle, die sich dreht und einen Propeller antreibt. Der Sternmotor und der Propeller würden jetzt von der Erde abheben. Da die Physik aber nicht weiß, ob der Propeller oder der Sternmotor sich drehen soll, haben die Konstrukteure beim Hubschrauber einen kleinen Propeller hinten am Heck montiert, der dafür sorgt, dass die Kabine mit dem Motor in der Luft steht, und nur der Propeller sich dreht.
Bei meiner Idee bekommt die Welle über dem Propeller ein Differentialgetriebe, welches dafür sorgt, dass ein zweiter Propeller sich genau in die gegengesetzte Richtung dreht. Der Sternmotor steht in der Luft, während beide Propeller sich in gegengesetzter Richtung drehen."
Claas sah Aylin entwaffnend an.
„Na, wie findest du meine Idee?"
„Und was sind die Vorteile?" fragte Aylin, der noch der Kopf schwirrte und die nicht genau wusste, ob sie alles verstanden hatte.
„Na, der Sternmotor ist ein Verbrennungsmotor. Er ist bei gleichem Gewicht einer Batterie gleichbleibend stärker. Man kann den Tank so groß gestalten, dass er alle Orte in und um Deutschland erreicht. Er fliegt also länger und mit schwereren Lasten. Der Motor und die Propeller kommen zusammen in eine kardanische Aufhängung und können so gesteuert werden."

Aylin lächelte Claas an. Sie war stolz auf ihn und Claas wusste nicht, warum er eine Gänsehaut bekam.

Mit einmal erschrak Aylin und schlug Claas gegen die Brust.

„Mensch Claas, ich muss noch einkaufen, die Geschäfte machen gleich zu."

Claas wurde aus seiner Euphorie gerissen:

„Ja, klar. Verstehe ich. Vielleicht sehen wir uns ja noch mal", sagte er grinsend. Wohl wissend, dass sie sich bestimmt wieder treffen würden. Bedauernd verabschiedeten sie sich. Claas schwebte wie auf Wolken nach Hause.

Er bemerkte den Mann im schwarzen Audi, der auf dem Parkplatz vor dem Rathaus stand, nicht. Der sprach in sein Handy:

„Sie verabschieden sich. Soll ich weiter observieren? Okay, dann bis morgen."

*

„Na, es hat sich doch gelohnt, die Beiden zu observieren. Nach der Flucht Raffaels aus dem Gefängnis wird er früher oder später Kontakt zu seinen Freunden aufnehmen. Hab ich doch mal wieder recht gehabt." Genüsslich lehnte sich der Sprecher in seinem Stuhl zurück.

Angewidert schüttelten die beiden anderen, die mit ihm am Tisch saßen, den Kopf. ‚Wie kann man nur so selbstherrlich sein, das stinkt ja zum Himmel.'

„So, was haben wir jetzt zusammen", übernahm der zweite Mann vom BKA das Wort.

„Karim und Claas waren beim Arbeitsamt und haben finanzielle Unterstützung beantragt. Wir haben die Aufnahmen, die die Kollegen mit ihrem Richtmikrofon bei der Observation gemacht haben, als sie Claas mit dem Mädchen verfolgten. Und im Internet haben sie Teile bestellt, um ein Fluggerät zu bauen."

„Sehr wahrscheinlich wollen sie ein Fluggerät bauen und ein Attentat vorbereiten."

„Eine Drohne", ergänzte der dritte Mann.

„Das ist ja eine Frechheit ohnegleichen. Beantragen finanzielle Hilfe und planen mit dem Geld von Staat ein Attentat."

„Okay Männer, das geht ja gut los. Bleibt weiter am Ball. Wir haben noch Zeit, bis die ihre Pläne ausführen können. Weiter so. Nächstes Treffen in einer Woche, gleiche Zeit."

Kapitel 11

„Sag mal Karim, wie geht es eigentlich Aylin?" Claas konnte sich mal wieder nicht auf seine Arbeit konzentrieren. „War ihre Internet-Suche erfolgreich?"

Karim schaute seinen Kumpel nachdenklich von der Seite an: „Warum fragst du?"

„Nur so, ich finde sie sehr nett."

„Nett? Nett ist die kleine Schwester von hässlich. So ein hübsches Mädchen findet man nicht nett. Weder als Türke, noch als Deutscher. Solche Mädchen findet man toll, oder geil oder spitzenmäßig oder sonst was. Aber nicht nett! Also warum fragst du?"

„Also ich finde Aylin toll und sehr hübsch und würde mich gerne mal mit ihr verabreden. Ins Kino gehen oder so." Claas bemerkte selbst, wie er rumeierte.

„Ich habe ihr verboten, sich mit deutschen Jungs zu treffen. Ihr letzter Freund war ein Ungläubiger, das hat genug Ärger in unserer Familie gegeben!"

„Karim, ich bin zwar ein Deutscher, aber kein Ungläubiger. Dann hätte ich dir und Raffael und Mario doch damals nicht geholfen, im Wasserwerk meine ich."

„Ok, du kannst Aylin fragen, ob sie dich sehen will. Meinen Segen habt ihr." Karim gab sich gönnerhaft.

„Dann sag' ihr das bitte. Sie will gerne etwas mit mir unternehmen, würde sich aber über dein Einverständnis sehr freuen."

„Habt ihr beide euch schon hinter meinem Rücken getroffen?" Karim blickte seinen Freund misstrauisch an.

„Nur drei- oder viermal telefoniert. Gesehen habe ich Aylin nur damals im Baumarkt und vor einigen Tagen zufällig auf der Straße."

„Ist schon gut. Und wo willst du mit Aylin hingehen? Doch nicht etwa in das Bordesholmer Puschenkino. Das ist was für alte Leute."

„Auf den Hamburger Dom. Da ist immer viel los, und morgen am Freitag gibt es ein spektakuläres Feuerwerk zum Wochenende."

„Ok, aber ihr geht nicht auf den Kiez, sonst gibt es Ärger! Und um zwei Uhr seid ihr wieder zuhause! Aber jetzt lass' uns mal sehen, dass wir unser ‚elm-Air-Projekt' zu Ende kriegen."

In einer Spaßlaune hatten die beiden ihre Paketdrohne ‚elm-Air' genannt.

Claas war den ganzen Tag unkonzentriert und fieberte seinem Date mit Aylin entgegen.

‚Hoffentlich kommt sie auch zum Bahnhof.'

Und sie kam, und wie sie kam. Nicht nur Claas starrte dieses wahnsinnig hübsche Mädchen auf dem Bahnsteig an. Ihre langen dunklen Haare trug sie offen, ihre großen braunen Augen waren dezent geschminkt und ihr dunkler Teint trotzte erfolgreich der nasskalten Winterluft. Ihre langen Beine steckten in einer engen Jeans und obenrum trug sie eine sportliche knallrote Ski-Jacke.

Claas und Aylin umarmten sich kurz und stiegen in den nächsten Bahnwaggon des Zuges nach Hamburg. Claas bemerkte mit großer Erleichterung, dass sich die Gruppe von fünf jungen Männern, die er schon auf dem Weg zum Bahnhof gesehen und vor allem gehört hatte, nicht zu ihnen, sondern ins Nachbarabteil setzte. Die einstündige Bahnfahrt nach Hamburg verlief wie im Fluge. Ohne die normalerweise nerv tötenden Stopps in Neumünster, Wrist, Elmshorn und Pinneberg überhaupt zu bemerken, strahlten sich Aylin und Claas verliebt an.
Er erzählte mit Begeisterung von den Einzelheiten und Fortschritten des ‚elm-Air-Projektes'.
Sie hörte begierig zu und freute sich, dass Claas und ihr Bruder Karim sich so gut verstanden.
Selbst der Lärm aus dem Nachbarabteil konnte die beiden nicht in ihrem Verliebt-Sein stören.
Ohne den Wortlaut genau verstehen zu können, bekamen Aylin und Claas nur mit, dass die jungen Männer wohl einen Junggesellenabschied feiern wollten.
Die großen Menschenscharen auf den Hamburger Straßen bemerkten die beiden auch nicht. Sie hatten nur Ohren und Augen füreinander. Fröhlich lachend und sich immer wieder scheu berührend bahnten sich die beiden ihren Weg zum Dom. Schon von weitem wies ihnen das hell erleuchtete Heiligengeistfeld die Richtung. Wegen des Lärmes, der immer lautstärker wurde, war eine Unterhaltung kaum noch möglich. Claas legte vorsichtig

seinen rechten Arm um Aylins Schulter: „Nicht, dass wir uns hier im Gedränge verlieren."

„Was wollen wir denn als erstes machen? Ich schlage mal die Geisterbahn vor, die soll wirklich gruselig sein." Aylin schmiegte sich zärtlich an ihren Freund. Die Tickets waren schnell gekauft und schon saßen die beiden dicht aneinander gedrängt in dem kleinen Waggon der Geisterbahn. Über die ersten Überraschungseffekte der Geisterbahn konnten sie noch herzhaft lachen:

Weder die Skelette, die plötzlich ihren Weg kreuzten, noch die Gespensterfiguren, die aus dem Nichts auftauchten, erzeugten bei ihnen wirkliche Gruselgefühle. Auch über die wilden Stöhn-Geräusche, die aus den Lautsprecherboxen drangen, amüsierten sie sich köstlich.

„So richtig gruselig ist es hier aber nicht", flüsterte Aylin Claas ins Ohr.

„Das wird bestimmt noch besser, sonst werde ich dich gleich fürchterlich erschrecken", alberte Claas fröhlich zurück. Ohne zu ahnen, dass wenige Sekunden später aus einem alten verrosteten Bottich etliche Liter einer blutroten Flüssigkeit in ihren Waggon verschüttet würden. Bevor sich Aylin und Claas darüber wirklich entsetzen konnten, kam von oben eine kalt-glibschige Riesenhand. Sie legte sich mit einem lauten ‚Patsch' auf Aylins Kopf und Nacken.

„Hilfe, Schatz nimm sie weg. Hilf mir!" Aylin schrie voller Panik und sprang in ihrer Angst auf den

Schoß von Claas. Sie schmiegte ihr Gesicht an seines. Claas umklammerte sie mit seinen starken Armen und küsste zärtlich ihren Mund. „Alles gut mein Schatz. Ich bin ja bei dir. Dir kann nichts passieren."

Sie erwiderte seinen Kuss, erst ebenso zärtlich, dann wild und leidenschaftlich. Die weiteren Gruseltaten der Geisterbahn konnten gar nicht nass und kalt und eklig genug sein, um die beiden in ihrer Knutscherei zu stören. Erst die Helligkeit am Ende der Geisterbahn-Strecke und die blöden Jahrmarktssprüche des Ansagers „Wer will noch mal, der kann noch mal" schreckten Aylin und Claas hoch. Irritiert von ihren wilden Küssen und mit heftig pochenden Herzen stiegen die beiden, immer noch eng aneinandergeschmiegt, aus der Geisterbahn.

„Das Feuerwerk haben wir wohl verpasst." Claas blickte in den Abendhimmel auf die verglühenden Raketenreste.

„Was machen wir jetzt?" wollte Aylin wissen.

„Weiterküssen", antwortete Claas und tat es auch. Er war so glücklich, endlich seine geliebte Aylin im Arm zu halten und ihren Körper zu spüren. Weil ihnen trotz der kalten Luft heiß geworden war, hatte sie die Reißverschlüsse ihrer Winterjacke geöffnet, und Claas spürte bei seiner Umarmung die Hitze ihres erregten Körpers. Sie schob seine fordernden Hände sanft zurück und flüsterte ihm zärtlich ins Ohr: „Claas nicht hier und nicht jetzt. Wir haben noch viel Zeit füreinander."

Bevor Claas sich entscheiden konnte, ob er sich jetzt freuen oder ärgern sollte, schreckten sie von einem ohrenbetäubenden Knall zusammen. Kurz darauf drangen schmerzerfüllte Schreie über den Platz. Das Aufheulen der Sirenen von Polizei- und Krankenwagen ließ nicht lange auf sich warten.

„Bleib dicht bei mir mein Schatz. Ich bringe dich nachhause. Dir wird nichts passieren."

Ängstlich aber auch voller Stolz sah Aylin zu Claas hinauf: „Ich bin so froh, dass du bei mir bist!"

Kapitel 12

Als Kommissarin Erika Friedberg in der Altentagesstätte ankam, waren Mitglieder des Förderkreises für Flüchtlinge dabei, Möbel zu rücken. Unter der Regie von Hausmeister Hans-Jürgen Kallweit wurden Tische und Stühle zu Gruppen zusammengestellt.
„Wir wollen heute themenbezogen arbeiten. Problemkreise sind Deutschunterricht, Behördenangelegenheiten, Wohnungen und Unterkünfte, Sachausstattung. Sonst hocken doch wieder dieselben Clans in ihren Dunstkreisen zusammen", erklärte Ursula Müller. Die pensionierte Deutschlehrerin mit der Zusatzausbildung ‚Deutsch für Ausländer' engagierte sich ehrenamtlich im Arbeitskreis und erteilte Deutschunterricht. „Ich bin gar nicht dazu gekommen, mich in meinem Ruhestand häuslich einzurichten. Da bat unsere Bundeskanzlerin die Flüchtlinge ins Land, und ich fühlte mich verpflichtet, zu helfen." Als der Raum für das Freundeskreistreffen am Nachmittag vorbereitet war, setzten sich die Helfer an dem Tisch, auf den das Schild ‚Deutsch lernen' stand. Die Sprecherin des Arbeitskreises begrüßte dann Erika Friedberg.
„Frau Friedberg, sie haben um ein Gespräch gebeten. Ich möchte ihnen die anwesenden Mitstreiter kurz vorstellen. Frau Müller gibt Deutschkurse wie auch Frau Hof, die heute leider verhindert ist. Dann ist da Herr Rechtsanwalt Heller, der uns dankens-

werterweise vor allem in Behördenangelegenheiten hilft..."

„Ja, manchmal wirkt ein Schreiben unter dem Briefkopf eines Anwalts oder ein Anruf aus einer Kanzlei Wunder", unterbrach Rechtsanwalt Jan-Peter Heller die Sprecherin des Arbeitskreises. Säuerlich lächelnd setzte diese ihre Vorstellungsrunde fort:

„Frau Landt war Schulleiterin, hat gute Kontakte in die örtliche Politik. Sie koordiniert mit mir gemeinsam die Arbeit des Freundeskreises und kümmert sich um Praktika für Flüchtlinge. Und dann sind da noch die Herren Katir Kwakhuzhi und Aaram Masri. Herr Kwakhuzhi ist aus Afghanistan, war Dolmetscher für die deutschen Truppen in Kundus. Er ist bereits seit einiger Zeit in Deutschland. Herr Masri aus Syrien kam vor drei Monaten. Er ist mit dem Schiff über die Ägäis gekommen. Beide helfen uns sehr, weil sie die deutsche Sprache beherrschen. Herr Masri war Deutschlehrer am Goethe-Institut in Damaskus und, wenn ich ihn richtig verstanden habe, Verhörspezialist bei der Polizei. Beide sind bereit, Ihnen zu helfen, wenn es um Übersetzungen oder Ähnliches geht."

„Vielen Dank. Wie sie wissen, geht es um Djadi Al Shaar, einen syrischen Staatsbürger. Er wurde ermordet aufgefunden. Was wissen sie von ihm? Wir brauchen möglichst viele Informationen."

„Ja, wir kennen Herrn Al Shaar. Er war sehr beliebt, wurde von vielen Dr. Schiwago genannt. Wegen seines guten Aussehens." Die Leiterin des Freundeskreises lächelte.

„Gab es besondere Ereignisse mit Herrn Al Shaar? Hatte er engere Kontakte? Wer kann mehr über ihn erzählen?"

„Für mich war er der Zahnarzt. Wir wussten, dass er auch mal Zahnbehandlungen ohne bürokratischen Aufwand möglich machte. Ansonsten sind mir besondere Kontaktpersonen nicht bekannt."

Ursula Müller blickte auf. Sie schien irritiert:

„Aber Jan-Peter. Du vergisst Anna. Anna Hof war oft mit ihm zusammen, Frau Kommissarin."

„Wenn du meinst. Mir nichts von bekannt", blaffte der Rechtsanwalt.

„Wissen sie mehr über die Bekanntschaften, den Freundeskreis von Herrn Al Shaar? Oder hatte er gar Feinde?" Erika Friedberg richtete die Frage an die beiden Asylbewerber.

„Es gibt ein paar Landsleute, mit denen Djadi oft zusammen war. Ich mache ihnen eine Liste. Ja, und etwas verwundert war ich schon über Djadi und Anna. Er war doch verheiratet, wollte zurück zu Frau und Kindern oder die Familie nachholen, wenn zurück nicht ging", sagte Aaram Masri. Erika Friedberg war angetan von dem freundlichen, gutaussehenden Syrer, der sie aus dunklen Augen anblitzte.

„Vielen Dank. Wenn sie die Liste fertig haben, rufen sie mich bitte an." Erika Friedberg schob dem Mann ihre Visitenkarte über den Tisch.

Kapitel 13

„Nix da", rief Sven lachend und schubste Torsten in den Wagon. „Du bist heute zu deinem Junggesellenabschied eingeladen und brauchst nichts zu bezahlen." Die anderen drei Freunde hatten es sich schon im Abteil bequem gemacht. Eine junge Frau mit braunen Haaren schaute kurz auf und beschäftigte sich wieder mit ihrem Handy.
„Typisch", dachte Danny, „Frauen können das. Innerhalb von Millisekunden nehmen sie alles wahr und haben alles eingeschätzt." Danny wurde aus seinen Gedanken gerissen, als Captain Martin sich auf die Bank neben ihm warf. „Heute hauen wir uns den Kopf voll", johlte er. Den Titel ‚Kapitän', hatte er sich geholt, weil er von einer eigenen Yacht träumte.
Worauf Torsten erwiderte: „Alkohol löst keine Probleme",
„Milch aber auch nicht", konterte Martin.
„Du bist so scharfsinnig, hast du im Messerkasten übernachtet?" erwiderte Alex. Die Jungs übertrafen sich mit ihren Sprüchen. Jeder wollte etwas zur Stimmung beitragen. Die Freunde kannten sich schon ein Leben lang und freuten sich jetzt auf einen ausgelassenen Junggesellenabschied.
„So, jetzt mal Butter bei die Fische, was läuft ab?" fragte Torsten.
„Erst einmal", ergriff Sven das Wort, „erst einmal fahren wir mit der Bahn nach Hamburg auf den

Dom. Freitags ist immer zum Schluss noch einmal ein tolles Feuerwerk, und von dort aus ist es nicht weit bis zum Kiez."

Inzwischen war die Bahn in Neumünster angekommen, und die junge Frau stieg aus. Danny schaute ihr noch einmal bedauernd hinterher. Als sie auf dem Bahnsteig Richtung Ausgang ging, schaute sie sich noch einmal lächelnd um. Danny erschrak und bekam einen roten Kopf.

„Die kann Gedanken lesen", dachte er. Langsam schritt sie die Treppen runter, wohl wissend, dass sie beobachtet wird.

„Schade", murmelte Danny, „es sieht aus wie ein Sonnenuntergang, wie sie dort verschwindet." Sein Bedauern wurde noch größer, als ein älteres Ehepaar in das Abteil kam.

Sven ergriff das Wort. „Wenn wir am Hauptbahnhof angekommen sind, steigen wir in die U-Bahn und fahren bis zur Feldstraße, dort ist der Haupteingang vom Hamburger Dom."

„Und denk daran, Torsten, als Junggeselle ist der Mann ein Pfau, als Bräutigam ein Löwe und als Verheirateter ein Esel", kam Axel wieder auf das alte Ritual. Die Gruppe lachte, und begab sich jetzt zur Tür, weil der Zug im Hauptbahnhof einlief.

Schilder wiesen den Weg zur U-Bahn. Auf einer großen Informationstafel sahen sie, dass sie mit der U3 über St. Pauli zur Feldstraße fahren konnten. Auf Rolltreppen ging es noch tiefer, den gelben Hinweisschildern folgend mussten sie jetzt nur noch in die richtige Richtung einsteigen. Sogar auf dem Bahnhof Feldstraße wurde ihnen der Weg zum Heiligengeistfeld gewiesen.

Es war schon dunkel, als die Gruppe den Bahnhof verließ. Weitere Schilder benötigten sie jetzt nicht mehr. Musik empfing sie. Es war ein wildes Durcheinander. An jedem Stand wurde andere Musik gespielt. Tausende Lichter versuchten des Besuchers Aufmerksamkeit zu erhaschen.

„So", begann Alex zu Torsten, „heute ist dein letzter Tag als Junggeselle. Ab morgen läuft alles anders. Wenn Du heute noch jemanden kennenlernen solltest, dann denke daran, bei Latten-Rost handelt es sich nicht um eine Geschlechtskrankheit." Die Jungs grölten. Die Stimmung war gut.

„Gehen wir jetzt links oder rechts herum?" wollte Danny wissen, indem er sich an Sven wendete. Sven hatte den Plan für den heutigen Tag ausgearbeitet.

„Das ist egal, gehen wir links herum, dann kommen wir als erstes beim ‚Voodoo Jumper' an.

„Was ist das denn?" fragte Danny.

„Das sind hängende, um die eigene Achse rotierende Zweiergondeln, die sich wie beim Tanzen, mit tollem Sound, im Kreis um ein echtes Feuer mit Nebel in der Mitte drehen. Die extrem schnellen Auf- und Ab-Bewegungen simulieren den freien Fall und geben den besonderen Kick", klärte Sven ihn auf.

„Dann fahr du schon mal vor", erwiderte Martin,

„mir ist jetzt schon schlecht."
„Ich schlage vor, dass Torsten als erstes fährt, sonst kommt der gar nicht in Fahrt", fuhr er fort.
Die Gruppe lachte zustimmend.
Um zu zeigen, dass er sich gut vorbereitet hat, klärte Sven die Freunde auf.
„Danach geht es in die ‚Villa Wahnsinn'."
Auch wenn Sven nur in fragende Gesichter sah, kam er nicht in Erklärungsnot.
„Da ist zum Beispiel ein Spiegellabyrinth, Wackelböden, Lufteffekte und Rollen. Ein Highlight ist das verrückte Badezimmer. Lustig wird es in der Rolltonne oder in der Spiralrutsche. Beim Zuschauen macht es auch Spaß, wenn Frauen in Röcken über Luftdüsen gehen. Da kann man sehen, ob die Frauen einen sauberen Schlüpper anhaben."
„Wusstest du das Frauen sieben Schlüpper brauchen, einen Montag, einen Dienstag und so weiter", übernahm Danny das Gespräch.
„Ja, und?"
„Männer brauchen zwölf...", fuhr Danny weiter fort, „einen für Januar, einen für Februar und so weiter."
„Die ‚Villa Wahnsinn' kenne ich nur vom Kiez", fuhr Martin dazwischen.
„In der Bar auf dem Kiez finden Partys statt, bei denen nur Lieder aus den 80er Jahren gesungen werden. Große Bildschirme, die auch den bühnenscheuen Sängern die Möglichkeit anbieten, mitsin-

gen zu können. Dort haben bis zu 200 Karaoke Fans Platz."

Torsten musste als erster in den ‚Voodoo Jumper'. Die Anderen hatten schon ihren Spaß vom Zugucken. Sie konnten sich nicht wieder einkriegen, als Torsten auf wackligen Beinen ausstieg. Keiner wollte in den Jumper. Stattdessen wurde Torsten noch weiter veräppelt.

„Hast du Stacheldraht zwischen den Beinen?"
„So gehst du, wenn du verheiratet bist."
Das Thema wurde noch weiter ausgeführt.
„Erst bemühen sich die Frauen, den Mann zu ändern, und jammern dann, dass er nicht mehr der alte ist."
Die Gruppe wurde von einem Knall unterbrochen.
„Oh", rief Sven, „das Feuerwerk beginnt." Kaum hatte Sven das ausgesprochen, als mit einem lauten Zischen eine Rakete in den tiefblauen Himmel stieg und mit einem Knall auseinanderflog. Rote Sterne verteilten sich in einem riesigen Feuerball. Es folgten mehrere Kracher kurz hintereinander, die in Sirenengeheul übergingen. Die Leute blieben stehen und blickten in den Nachthimmel. Minutenlang wechselten sich Krachen, Heulen, Feuerpilze, Bälle und Blitze ab.
„Sieht schon toll aus, so ein Feuerwerk", meinte Alex, an seine Freunde gewandt. Aber da war es auch schon zu Ende. Als sie sich zum Weitergehen entschlossen, wurden sie von einer mächtigen Explosion aufgeschreckt. Die Druckwelle zerrte an

ihren Hosenbeinen. Beim ‚Voodoo Jumper' stieg eine dunkle Wolke auf. Sie hörten Schreie. Jemand rief nach Sanitätern. Die Freunde sahen sich ratlos an.

Das war kein Feuerwerk.

Neugierig geworden gingen die Freunde in die Richtung der Explosion. Immer mehr Leute kamen ihnen panisch schreiend entgegen. Einige bluteten. Sie stießen sich gegenseitig weg, wenn es ihnen nicht schnell genug ging.

„Was machen wir?", rief Alex.

„Auf jeden Fall zusammenbleiben, falls wir uns verlieren, treffen wir uns am Bahnhof", antwortete Torsten. „Vielleicht können wir helfen, das muss eine Bombe gewesen sein."

Die Jungs wollten gerade weitergehen, als hinter ihnen mit einem riesigen Knall eine zweite Explosion folgte. Holzstücke flogen durch die Luft und verletzten Besucher. Danny wurde von der Wucht der Explosion zu Boden geworfen. Jetzt brach Panik aus. Die Besucher rannten über die gestürzten Leute und trampelten sich gegenseitig nieder. Würde noch eine Bombe explodieren?

Sven half Danny auf die Beine. Torsten hatte sich an einem Zaun festgehalten. Als er sich umdrehte, wurde er von einem Mann angerempelt, der die Kapuze über seinen Kopf gestülpt hatte. Torsten durchfuhr es wie ein Blitz. Er kannte die Person, aber woher? Der Mann verschwand mit einem Sprung über die Deichsel eines Schaustellerwagens.

Leute saßen stöhnend im Schmutz und hielten sich die blutenden Gliedmaßen. Einige lagen reglos auf dem Boden. Kinder schrien. Sirenen von Feuerwehr und Unfallwagen ertönten. Ein fürchterlicher Gestank verbreitete sich.

Danny hatte sich am Ellenbogen verletzt.

„Wie geht es Euch?", fragte Martin in die Runde, „hat es noch jemand von euch getroffen?"

„Nein", erwiderte Torsten, „aber ich muss zur Polizei."

Die Freunde sahen ihn fragend an.

„Ich habe Raffael, der in Bordesholm schon ein Attentat versucht hat, erkannt. Sein Bild war doch auch in den Medien."

„Die einzige Polizeidienststelle, die ich hier kenne, ist die ‚Davids-Wache' auf der Reeperbahn", gab Sven sein Wissen zur Kenntnis. Die Freunde machten sich auf den Weg. Sie konnten hier nicht helfen. Auf dem Weg zur Wache trafen sie noch eine Bekannte von Alex, mit der er bei der Allianz zusammengearbeitet hatte. Gesa war mit ihrem neuen Freund und Kollegen Volker auch über den Dom gebummelt. Volker hatte sich schwer am rechten Bein verletzt und Brandwunden im Gesicht. Es sah schlimm aus. Gesa hockte neben ihrem Freund und hielt ihm den Arm. Sein Gesicht war durch die Brandwunden entstellt. Gesa reagierte kaum, als Alex sie ansprach. Kurz darauf kamen Sanitäter mit einer Trage und brachten den Verletzten ins Krankenhaus.

Die Stimmung der Freunde war auf dem Tiefpunkt.
Auf der Polizeiwache herrschte Chaos. Die alltäglichen Sachen wie Streitigkeiten zwischen Prostituierten und Freiern, Diebstähle und Unfälle waren in den Hintergrund gerückt. Jetzt drehte sich alles um das Attentat.

„Für das Geschehen auf dem Dom sind wir nicht zuständig, das ist die Lerchenstraße!" hörten die Freunde, aber Torsten ließ sich nicht abwimmeln.

„Ich glaub, ich habe einen der Bombenleger erkannt", rief Torsten den Beamten zu, worauf er gleich hinter den Tresen gebeten wurde. Am Schreibtisch gab es sogar eine Tasse Kaffee.

Nachdem Torstens Aussage zu Protokoll gegeben wurde, machten sich die Freunde auf den Weg nach Hause. Zum Feiern war ihnen die Lust vergangen.

Einen Tag später war in den Zeitungen zu lesen: **Insgesamt sind 21 Todesopfer und 118 Verletzte zu beklagen. Darunter auch ein Volker H. aus der Bordesholmer Region, der seinen Verletzungen erlegen war.**

Ein vermutlicher Täter wurde erkannt. Der flüchtige Raffael Johannsen alias ‚Yussuf' war schon wegen seiner Flucht aus dem Kieler Landgericht zur polizeilichen Fahndung ausgeschrieben. Die Fahndung gegen ihn wurde jetzt europaweit ausgedehnt: Es gab Hinweise des israelischen Auslandsgeheimdienstes Mossad, dass Raffael an dem Anschlag auf dem Hamburger Dom maßgeblich beteiligt war.

Der IS sandte einen Tag nach dem Anschlag ein Bekennerschreiben an den ‚Spiegel' und an den ‚Stern', was das Verhältnis der Deutschen zu den Flüchtlingen weiter belastete.

Kapitel 14

Aaram Masri saß vor einem leeren Blatt. Er kaute auf dem Faber-Castell-Bleistift, während seine Gedanken sich im Kreis bewegten. Sollte er der deutschen Polizistin wirklich eine Liste der Personen, die Kontakt zu Djadi Al Shaar hatten, aushändigen? Die Polizistin war zwar ganz nett gewesen. Aber was würde mit den Landsleuten, die er ihr meldete, geschehen? Er hatte in den Verhörräumen der syrischen Polizei schlimme Erlebnisse gehabt. Schwere Misshandlungen, Tritte und Schläge sollten die Gefangenen zum Reden bringen. ‚Aber das waren ja Terrorverdächtige', rechtfertigte sich Aaram vor sich selbst. Die deutsche Polizei war an Recht und Gesetz gebunden. Da dürfen solche Methoden nicht angewandt werden. Der Syrer begann, die Liste zu schreiben. Zwei Namen standen auf dem Blatt, da fiel ihm ein Fall ein, an dem er in Damaskus als Dolmetscher beteiligt gewesen war. Ein deutscher Ingenieur, der nach Kanada ausgewandert war, wurde auf dem Heimweg von einem Urlaub auf dem New-Yorker John F. Kennedy-Airport verhaftet. Man beschuldigte ihn, Verbindungen zur al-Quaida in Syrien zu unterhalten. Die Amerikaner verhörten ihn 13 Tage, um ihn dann abzuschieben. Aber nicht in das Land, dessen Staatsangehörigkeit er besaß, sondern nach Syrien. Dort wurde er festgehalten und scharf verhört, bis die kanadischen

Behörden nach sieben Tagen mitteilten, dass ihre Verdächtigungen auf einem Irrtum beruhten. Die Regierung Kanadas entschuldigte sich förmlich bei dem Mann und zahlte ihm eine Entschädigung. ‚Im Westen ist also auch nicht alles Gold, was glänzt', dachte Aaram, aber dann setzte er entschlossen an und schrieb noch fünf Namen auf das Blatt. Er nahm sich vor, die Polizistin genau zu befragen, was mit den Personen geschehen würde, bevor er ihr die Liste gab. Dann wählte er die Nummer Erika Friedbergs.

*

„Ganz schön scharf!" Erika Friedberg griff zum Wasserglas und versuchte, das Feuer in ihrem Mund mit kleinen, schnellen Schlucken zu löschen. Aaram Masri lächelte nachsichtig:
„Unsere syrische Küche ist sehr pikant. Und vielfältig. Es gibt raffinierte, sehr schmackhafte Gerichte. Und diese Spaghetti all`arrabiata sind herrlich."
Erika Friedberg stimmte ihm nickend zu:
„Nur, ich bin die Schärfe nicht gewohnt."
Makkarita, die Wirtin in dem nach ihr benannten Restaurant im historischen Pavillon in der Bordesholmer Mühlenstraße, hatte dem Dialog lächelnd zugehört:
„Ich hoffe, es schmeckt ihnen trotzdem. Ein wenig Chili gehört zur Arrabiata, nicht wahr, Signore", sprach sie Aaram an.

„Auf jeden Fall. Aber sie haben genau die Mitte getroffen, zwischen syrischem und deutschem Geschmack. Das ist sehr gut!"

„Schön, das freut mich. Und als Dessert serviere ich ihnen dann etwas garantiert chilifreies: Apfel-Ricotta-Torte mit Vanilleschaum. Zufrieden?"

Die Wirtin machte sich wieder in ihrer offenen Küche zu schaffen. Aaram und Erika Friedberg saßen an der gerundeten Scheibe des Restaurants „Makkarita" und blickten auf den neu gestalteten Bahnhofsvorplatz.

„Da war ja ganz schön viel Aufregung um diese Treppe", lächelte Aaram. „Aber seien sie froh, dass die Leute hier in Deutschland mitentscheiden können. In Syrien hätte die Polizei das Problem gelöst, und nichts wäre geändert worden." Dann kam Aaram zum Kern:

„Frau Friedberg, sie möchten eine Liste von Personen von mir. Was geschieht mit diesen Menschen? Ich möchte das genau wissen, denn ich bin kein Denunziant."

„Wir ermitteln in einem Mordfall. Da ist alles wichtig, was mit dem Opfer zu tun hat. Dazu möchte ich diejenigen befragen, die mit Herrn Al Shaar zu tun hatten. Mehr geschieht den Menschen nicht. Aber…" Erika Friedberg hielt kurz inne, dachte nach, fragte sich, ob sie sich nicht zu weit wagte, „…aber sie können gerne bei den Gesprächen dabei sein. Vielleicht kann ich sie auch als Dolmetscher nutzen. Wie wär`s?"

Aaram Masri war überrascht. Aber er sagte zu.
In den nächsten Tagen führten die Polizistin und ihr Dolmetscher Gespräche mit den Personen, die auf der Liste von Aaram standen. Eine Spur tauchte nicht auf.

Kapitel 15

Friedberg und Bielfeld kamen in Zugzwang. Sie mussten tätig werden. Sie haben einen Toten, und die einzige Verdächtige war Anna Hof. Bei ihren Recherchen im SAM-Sportpark wurden sie erstmals auf Anna Hof aufmerksam. Aufgrund des Hinweises einer Trainerin hatten die Kriminalisten erkundet, wer Deutschkurse in Bordesholm gab.
„Die werden wir uns jetzt ernsthaft vornehmen", bestimmte Bielfeld.
Erika Friedberg sah ihren Chef nur fragend an.
„Na ja, sie ist ja nur verdächtig. Wenn wir sie in der Schule vernehmen, hat sie ein für alle Mal ihren Status als Straftäterin. Außerdem halten wir sie hier im Revier besser unter Druck. Hier fühlt sie sich nicht so sicher wie in der Schule."
Friedberg nickte nur zustimmend.
„Und", fuhr Bielfeld fort, wir werden ihr das Wochenende ein wenig versauern indem wir ihr die Vorladung am Freitag zuschicken, damit sie hier im Präsidium am Montag erscheint."
„Hast du schlechte Laune, oder warum bist du so gehässig?" erwiderte Friedberg.
„Na ja, wir müssen langsam zu einem Ergebnis kommen, und wie ist mir egal."

Am nächsten Montag hatte Bielfeld noch schlechtere Laune. Alina, die Tochter seiner Lebensgefährtin

Dagmar kam so langsam in die Pubertät. Als sie sich stritten, warf sie Bielfeld vor, er habe ihr überhaupt nichts zu sagen. Er sei schließlich nicht ihr Vater. Bielfeld war daraufhin so sauer, dass er ihr anbot, aus seiner Wohnung auszuziehen. Das ging Dagmar dann doch zu weit, und sie forderte die Streithähne auf, endlich mal sachlich zu werden. Daraufhin wurde Waffenstillstand beschlossen.
Im Amt informierte Friedberg ihren Chef, dass Frau Anna Hof schon auf ihr Verhör wartete.
„Schick sie schon mal in das Verhörzimmer, und lass sie dort ein wenig schmoren. Ich hole mir erst einmal eine Tasse Kaffee und dann treffen wir uns dort."
Friedberg schüttelte nur ihren Kopf und ging weg. Als Bielfeld wenig später in das Beobachtungszimmer kam, saß Friedberg schon im Verhörzimmer und Anna Hof hatte eine Tasse Kaffee vor sich auf dem Tisch stehen. Grinsend gesellte sich Bielfeld zu den beiden.
Höflich begrüßte er Anna Hof. Gleichzeitig stellte er das Mikro an, gab Datum, Uhrzeit, Anwesende und Tatbestand an.
„Frau Hof", begann er. „Können sie uns detailliert sagen, wo sie am letzten Samstag gewesen sind?"
Die Obduktion hatte ergeben, dass der Tod nach siebzehn Uhr eingetreten ist.
Offensichtlich hatte Friedberg sich mit Frau Hof schon unterhalten, denn sie machte einen gefassten Eindruck. Das machte Bielfeld schon wieder sauer.

‚Na gut, dann machen wir hier böser Polizist, guter Polizist', dachte Bielfeld, ‚ich bin gerade in Form'.
„Was ist, können sie sich nicht mehr erinnern?"
Frau Anna Hof sah hilfesuchen Friedberg an. Bielfeld wusste nicht, ob Friedberg das Spielchen mitmachte, oder ob sie sich aus Mitleid auf die Seite der Beklagten stellte.
Anna Hof war gut durchtrainiert und hatte etwas breite Schultern für eine Frau. Wahrscheinlich Sportlerin. Na ja, sie machte ja auch Sport im vitaMAX.
Bielfeld blätterte in den Unterlagen und las, dass Frau Hof viele Jahren als Sport- und Schwimmlehrerin tätig war. Des Weiteren stand dort, dass sie als Tochter des Landschlachters eine Fleischerlehre absolviert hatte. Außerdem kann sie ein wenig arabisch.
‚Das macht sie noch verdächtiger. Sie könnte also einem Mann gefährlich werden und die Tat begangen haben', dachte Bielfeld.
„Ich glaub, ich war zu dem Zeitpunkt laufen", erwiderte Frau Hof.
„Sie glauben, oder wissen sie es", fragte Bielfeld barsch. „Haben sie Zeugen?"
„Ich bin um den Bordesholmer See gelaufen. Ein paar Leute haben mich gesehen. Aber ich kannte keinen von denen. Ich weiß nicht, ob die als Zeugen zählen."
„Natürlich nicht", grummelte Bielfeld in sich hinein, „die kann man ja schlecht befragen."

„So kommen wir nicht weiter", wandte sich Bielfeld an seine Kollegin, „wir machen für heute Schluss."
Und an Frau Hof gewandt: „Sie halten sich weiterhin zu unserer Verfügung und verlassen nicht ohne Erlaubnis das Bordesholmer Umland."
In diesem Augenblick wurde die Tür geöffnet und ein Beamter bat Bielfeld nach draußen auf den Flur.
„Wir haben ein Messer im Bordesholmer See gefunden. Es könnte die Tatwaffe sein. Wir untersuchen es jetzt auf Fingerabdrücke."
„Immerhin", dachte Bielfeld, „jemand war am Bordesholmer See und hat versucht, die Tatwaffe verschwinden zu lassen. Auch dafür wäre eine Sportlerin geeignet, die um den See lief."
Er sah Anna Hof im Flur noch lange hinterher, obwohl sie schon verschwunden war.
Zu Friedberg gewandt, die inzwischen auch aus dem Verhörzimmer trat, fragte er: „Sag mal, hat die Trainerin aus dem vitaMAX nicht auch Ursula Müller erwähnt?"
„Ja hat sie, aber nur, dass die beiden sich im Umkleideraum gestritten hatten."
„Finde mal raus, wo die Müller wohnt, und dann nichts wie hin." Das machte Friedberg im Vorbeigehen. Frau Müller war auch schon in Pension und hatte einen festen Wohnsitz.
„Die wohnt auch im Mühlenhof, das ist das Neubaugebiet...",
„Kenn ich", fuhr ihr Bielfeld dazwischen.

„Mein Gott, sag mal, krieg dich wieder ein. Wie lange hast du denn noch Zoff zu Hause?"
Die Fahrt zum Mühlenhof verlief schweigend.

„Guten Tag Frau Müller, wir haben ein paar Fragen. Meine Kollegin Frau Friedberg kennen sie ja schon. Dürfen wir reinkommen?" Bielfeld war wieder ganz der Alte.
Frau Müller war eine kleine, schlanke Gestalt mit einem schwarzen Kurzhaarschnitt. Nachdem sie ihre Lesebrille wieder abnahm, trat sie einen Schritt zur Seite, um die Kriminalbeamten hereinzulassen.
„Kann ich ihnen was anbieten?" fragte sie höflich.
‚Ich werde doch mehr Hausbesuche machen', dachte Bielfeld und bekam einen roten Kopf, als er bemerkte, dass Friedberg seine Gedanken erkannte.
„Hm, ja, das wäre nett", erwiderte er.
Kurze Zeit später kam die nette Frau aus der Küche mit einem Tablett in den Händen. Bielfeld entdeckte sogar ein paar Kekse. Prompt knurrte ihm der Magen, was ihn daran erinnerte, dass es Nachmittag war.
„Was haben sie denn für Fragen?" begann Frau Müller das Gespräch, indem sie Tee eingoss.
„Nun ja, sie kennen eine Frau Anna Hof?"
Frau Müller faste automatisch die Teekanne fester. Ihre Hand begann zu zittern. Obwohl Bielfelds Tasse nur halbvoll war, hörte sie auf zu gießen.
„Die dumme Kuh", begann sie und redete als wäre sie aufgezogen. „So eine Intrigantin." Bielfeld beug-

te sich interessiert aus seinem Sessel vor. So etwas liebte er. Zu reden, ohne gefragt zu werden.

„Das ist ja ekelhaft, wie sie dem Dr. Schiwago hinterher rennt." Bielfeld und Friedberg schauten sich vielsagend an.

„Die hat sich ja fast jede Woche die Zähne kontrollieren lassen, als der noch die Praxis hatte. Soviel Zähne kann man doch gar nicht haben. Na ja, bis es ihm dann doch gereicht und er mit ihr Schluss gemacht hat. Das gab ordentlich Zoff."

„Wann war das?" fragte Bielfeld interessiert.

„So zirka vor fünf Wochen." Friedberg hatte den Eindruck als wäre Frau Müller richtig erleichtert, nachdem sie sich mal ordentlich ausgesprochen hat. Bielfeld stürzte seinen Tee runter, wobei er sich die Lippen verbrannte. Hastig steckte er sich zwei Kekse in die Jackentasche.

„Wir müssen jetzt aber los", informierte er Frau Müller. Mit Blick auf Friedberg stand er auf und knöpfte sich seine Jacke zu.

„Hast Du Lust, mit zum Staatsanwalt zu kommen?" wandte sich Bielfeld im Auto an Friedberg.

„Ja schon, haben wir genug Argumente für eine Verhaftung?"

„Das Motiv ist Eifersucht. Sie hat eine Schlachterlehre bei ihrem Vater erhalten, sie kann also mit dem Messer umgehen. Sie ist um den Bordesholmer See gelaufen, um vermutlich die Tatwaffe, das Messer, loszuwerden. Sie ist körperlich fit, um die Tat durchzuführen. Was willst du mehr?"

Nach einigem Zögern und mit dem Kopf wiegend stimmte der Staatsanwalt zu und stellte den Haftbefehl wegen Verdacht des Totschlages aus.
Zwei Polizisten verhafteten Anna Hof und brachten sie in Untersuchungshaft.
Wieder saßen sich die Drei im Verhörzimmer gegenüber.
„Kennen sie jemanden, der dem Doktor so etwas antun könnte?" eröffnete Bielfeld das Verhör.
„Nein, der Doktor war so beliebt, ich kann mir überhaupt nicht vorstellen warum und wieso so etwas passiert."
„Sie haben doch eine Fleischerausbildung bei ihrem Vater gemacht, haben oder hatten sie ein Fleischmesser?"
„Ich hatte nie ein eigenes Messer und nachdem mein Ehemann vermutlich durch den hohen Fleischkonsum an einem Herzinfarkt gestorben war, bin ich erst Vegetarierin und dann sogar Veganerin geworden."
Bielfeld resignierte, als Friedbergs Handy klingelte. Nachdem sie sich gemeldet hatte, hörte sie eine ganze Weile nur zu, dann legte sie auf. Sie schaute Bielfeld vielsagend an und bat ihn raus auf den Flur.
„Das Labor, die sagen wir hatten Glück, da das Messer eingewickelt war und noch nicht lange im Wasser lag, konnten Fingerabdrücke genommen werden. Sie stimmten nicht mit den Fingerabdrücken von Frau Hof überein. Es sind unbekannte."

Bielfeld drehte sich um, öffnete die Tür zum Verhörraum und rief:
„Sie können nach Hause gehen, Frau Hof."
Und zu Friedberg gewandt, „jetzt geht alles noch einmal von vorne los. Wir werden alle Teilnehmer des Flüchtlings-Freundeskreises - sowohl die Flüchtlinge als auch die Unterstützer – erneut vernehmen.
Als erstes werden wir morgen mit Frau Ursula Müller und Herrn Rechtsanwalt Jan-Peter Heller sprechen."
„Da müssen wir wohl durch", entgegnete Friedberg.
„Ich muss meinen Kopf wieder frei bekommen, was hältst du davon, wenn wir alle zusammen einen Wanderung um den Bothkamper See machen mit anschließendem Essen am Kamin im Antikhof Bissee", schlug Bielfeld vor. Und grinsend fuhr er fort: „Du kannst ja deinen neuen Polizistenfreund mitbringen."
Friedberg bekam einen roten Kopf. „Mal sehen", erwiderte sie.

Kapitel 16

Unruhig rutschte Mario auf dem wackeligen Küchenstuhl hin und her. Zum wiederholten Male schaute er angespannt auf seinem Smartphone nach der Uhrzeit:
‚20:33 Uhr! Vor über einer halben Stunde wollte Raffael hier sein. Hoffentlich ist ihm nichts passiert.'
Am Vormittag hatte Mario einen Anruf bekommen. Da die Nummer unterdrückt war, konnte er den Anrufer nicht identifizieren. Eine ihm unbekannte Männerstimme hatte kurz die Anschrift der verwahrlosten Wohnung im Bahnhofsviertel von Neumünster, in der er nun wartete, die Uhrzeit des Treffens mit Raffael genannt. Der Wohnungsschlüssel hatte, wie angekündigt, unter der Fußmatte vor der Haustür gelegen.
Die Wohnküche, ein Raum, in dem sich ein alter Gasherd, eine verrostete Spüle, ein dreckiger Kühlschrank, Tisch und Stühle befanden, machte auf Mario einen erbärmlichen Eindruck. In dem anderen Zimmer lagen drei befleckte Matratzen und es roch nach Alkohol, Schweiß und Erbrochenem. Noch ekliger war das Badezimmer mit einer völlig versiffte Kloschüssel ohne Brille und einem schmutzigen Waschbecken beherrschte. Aus beiden drang kopfschmerzerzeugender Gestank. Letztendlich war Mario froh, dass er entgegen seiner ersten Befürchtung keine halbverweste Leiche eines ano-

nymen Alkoholikers in dieser Behausung gefunden hatte.

Er ging zurück in die Küche, und seine Blicke wanderten unruhig zwischen Fenster, Wohnungstür und Smartphone hin und her. Bei jedem Knarren der alten Holzstiegen im Treppenhaus zuckte Mario zusammen. Irgendwelche Penner mussten hier wohl übernachten. Mario, der durch seine alleinerziehende Mutter eine zwar finanziell eingeschränkte, aber dennoch gutbürgerliche Erziehung genossen hatte, konnte sich so ein Leben überhaupt nicht vorstellen.

„Salam, lieber Bruder!" Mario schreckte aus seinen Gedanken auf: Vor ihm stand Raffael. Aber dass er gekommen war, hatte Mario nicht bemerkt.

Raffael wirkte erwachsener und seriöser als bei den früheren Treffen. Sein schon immer schlankes Gesicht war jetzt hager, seine ehemals dunklen Locken waren kurzgeschorener und sein dichter Salafisten-Bart war einem modischen Drei-Tage-Bart gewichen. Raffael nahm Mario herzlich in die Arme:

„Sehr schön Bruder, dass es mit unserem Treffen geklappt hat. Ein vornehmeres Ambiente kann ich leider nicht bieten. Aber für unsere Zwecke sollte es ausreichend sein."

„Welchen Zweck hat denn unser Treffen?" Mario reagierte unsicher auf Raffaels Begrüßung.

„Lieber Mario, das will ich dir gerne erläutern. Gestatte mir, dass ich hierfür etwas ausholen werde. Bei unseren Treffen in der Werkstatt von Karims

Vater haben wir beide zusammen mit Claas und Karim übereinstimmend den Kampf gegen Ungerechtigkeit und Gottlosigkeit befürwortet. Für unsere Beiträge zugunsten der Islamischen Bewegung sollten wir von den Ungläubigen gedemütigt werden. Wir beide sollten dabei im Gegensatz zu Claas und Karim mit ihren Bewährungsstrafen wirkliche Nachteile erleiden. Aber du wirst deine Stunden beim Roten Kreuz sicherlich für deinen weiteren Kampf nutzen können. Und ich habe mich – Allah sei Dank – dieser ungerechten Freiheitsstrafe entziehen können.

Aber unser Kampf gegen die Gottlosigkeit muss und wird weitergehen: Unsere Brüder haben in Frankreich und Belgien erfolgreiche Schlachten ausgetragen. Und wir haben in Hamburg im Sinne unseres Glaubens gehandelt. Aber die Tatsache, dass der Schlächter von Sarajewo, der ehemalige Serbenführer Radovan Karadzic, für die Tötung von über 8.000 moslemischen Männern und Jungs nur zu einer Freiheitsstrafe von 40 Jahren verurteilt worden ist, zeigt, dass unser Kampf noch lange nicht zu Ende ist!

Während es diesem Tyrannen selbst im Gefängnis noch gut geht, sterben unsere Brüder einen erbärmlichen Tod durch die Fassbomben des syrischen Diktators und durch die Raketen seiner korrupten Freunde aus Amerika und Russland. Jeder getötete Mann, jede gequälte Frau, jedes verletzte Kind aus

unseren Reihen muss gesühnt werden. Denn Auge um Auge, Zahn um Zahn sagt selbst die Bibel!"
„Aber Raffael, ich habe Angst. Ich kann doch keine Menschen töten!"
„Mario, du hast in den letzten Wochen und Monaten gezeigt, dass du viel mehr kannst, als du dir selbst zugetraut hast. Und unsere Situation – also das Leben der Gläubigen – hat sich in der letzten Zeit dramatisch verschlimmert. Hunderttausende von Ungläubigen haben ihre alte Heimat in Syrien, im Irak und in Afghanistan verlassen, um hier im Westen ein gottloses Leben führen zu können. All diese Männer und Frauen fehlen im Kampf gegen die menschenverachtenden Diktatoren und ihre amerikanischen und russischen Verbündeten, die unsere Städte und Dörfer bombardieren und unseren Brüdern und Schwestern ein Überleben im Islam unmöglich machen."
„Aber was soll ich denn tun? Ich kann doch nicht in den Krieg nach Syrien ziehen und meine Mutter hier alleine lassen!" Mario sah sein Gegenüber völlig ratlos und verzweifelt an.
„Lieber Mario, das sollst du überhaupt nicht! Dein Einsatz an der heimischen Front ist für uns alle viel wichtiger und erfolgsversprechender. Außerdem wirst du ohne Gefahr für dich selbst handeln und deine liebe Mutter weiterhin unterstützen können."
Raffael blickte Mario tief in die Augen.
„Aber du alleine hast Möglichkeiten in diesem Kampf, die weder Karim und Claas noch ich haben.

Ich selbst werde steckbrieflich gesucht und auch Karims und Claas Gesichter sind durch die Berichte über den Strafprozess der Öffentlichkeit hinreichend bekannt.
Du als Jugendlicher bist in den Medien weder mit vollem Namen genannt, noch ist dein Foto veröffentlicht worden."
„Ich will dir ja gerne helfen. Aber was soll ich denn machen?" Mario rang mit seinen Gefühlen.
„Wie du vielleicht gelesen hast, sollen im SAM-Sportpark in Bordesholm etliche gottlose Flüchtlinge untergebracht werden. Wir wollen ein Zeichen setzen, um dieses ruchlose Ansinnen unmöglich zu machen."
„Und wie kann ich dir dabei helfen?"
„Du wirst dich im über dem SAM-Park liegenden vitaMAX zu einem Sportkursus anmelden. Das weitere Vorgehen werden wir dann beim nächsten Treffen abklären."
„OK, ich fahre morgen zum vitaMAX und melde mich an!"
Raffael und Mario umarmten sich herzlich, bevor sie auf getrennten Wegen das Abbruchhaus verließen. Marios anfängliche Unsicherheit wich einem großen Stolz: Auch Rafael war zufrieden. Er handelte ohne Befehl, aus eigenem Antrieb. Die Taktik hatte sich geändert, seit die Gottlosen im Irak und in Syrien die tapferen Gotteskrieger des IS immer weiter zurückdrängten. Die Mullahs hatten nun die Parole ausgegeben, jeder solle auf eigene Faust

handeln und möglichst viel Angst und Schrecken verbreiten.

Kapitel 17

„Meine Damen und Herren, ich bin gerne nach Bordesholm gekommen, um mit Ihnen das Thema ‚Flucht und Asyl' abzuhandeln. Ihre Gemeinde, ihr schönes Bordesholm, hat in meinem Herzen einen ganz besonderen Platz. Haben sie doch eine ganz hervorragende Integrationsleistung vollbracht, zu der alle Welt gratuliert. Ich habe mir die Situation noch einmal gesondert angesehen und muss sagen: Alle Achtung! Großartig!" Der Redner hielt inne, blickte in die Augen der Zuhörer, wartete auf Reaktionen, sah Zustimmung, Stolz, auch Verwunderung.

„Allein in Bordesholm haben sie eine beeindruckende Leistung vollbracht. Natürlich ging das nicht ohne Reibereien und Spannungen ab. Veränderungen der Sozialstruktur hatten Einfluss auf das gesellschaftliche Klima im Ort, standen sich doch Bevölkerungsgruppen mit sehr unterschiedlichem sozialem Hintergrund gegenüber. Es stellt sich die Frage, wie die Neubürger integriert werden konnten. Eines lässt sich feststellen: Der Prozess verlief nicht ohne Konflikte. So erfahren wir aus Berichten von Wattenbeker Bürgern, dass größere und kleinere Jungen, die aus der Enge der Großstadt herausgekommen sind, sich in ihrer Freiheit nunmehr ungebunden fühlten. Ein Bordesholmer Bürger beschwerte sich beim Amtsvorsteher darüber, dass

Neubürger es mit den Eigentumsrechten nicht so ernst nähmen. Sie ernteten in seinem Garten, als gehörten die Früchte allen. Der Amtsvorsteher schickte den aufgebrachten Mann mit der Begründung zum Bordesholmer Bürgermeister, er habe die Leute nicht hergeholt. Im Großen und Ganzen muss man die Eingliederung aber anerkennen. Bordesholm allein wuchs um fünftausend Menschen. 1939 hatte der Ort 2051 Einwohner, bis 1946 war er auf 7098 Bewohner gewachsen." Das Staunen der Menschen machte sich in unterdrücktem Kichern und Murmeln Raum. Der Redner sah in sein Publikum. Der Einstieg war ihm wieder einmal gelungen. Er weiß: Nichts ist wichtiger, als dass die Zuhörer dem Redner geneigt sind. Das hat sich in den Jahrtausenden, seit Aristoteles oder Cicero über die Beredsamkeit nachgedacht und die antike Rhetoriklehre entwickelt haben, nicht geändert. Nun galt es, zu argumentieren, zu überzeugen. Der Redner trank einen kleinen Schluck Wasser.

„Doch sehen wir uns unser heutiges Problem an. Artikel 16a des Grundgesetzes sichert politisch Verfolgten ein individuelles Grundrecht auf Asyl. Das ist Ausdruck für den Willen Deutschlands, seine historische und humanitäre Verpflichtung zur Aufnahme von Flüchtlingen zu erfüllen. Das Anerkennungsverfahren für Asylsuchende ist im Wesentlichen im Asylverfahrensgesetz geregelt. Das Asylverfahren wird von einer Bundesbehörde, dem Bundesamt für Migration und Flüchtlinge,

durchgeführt. Für die Unterbringung und soziale Betreuung Asylsuchender sind die Bundesländer zuständig. Diese verteilen Flüchtlinge über die Kreise an die Gemeinden und Städte. So kommen die Menschen zu uns. Aktuell stellt sich die Situation im Amt Bordesholm folgendermaßen dar:
Aufgenommen sind zur Zeit 264 Flüchtlinge, davon 138 Männer, 47 Frauen und 79 Kinder und. Jugendliche. Allein in Bordesholm befinden sich 164 Flüchtlinge, in Wattenbek 46. Sie sehen:
Die Aufgabe ist bei Weitem nicht mit dem zu vergleichen, was hier in Bordesholm in der Nachkriegszeit geschafft wurde."
Der Redner setzte sich. Der Applaus war freundlich, aber mäßig. Der Vorsitzende des örtlichen Universitätsvereins erhob sich, räusperte sich, dankte dem Redner und holte tief und bedeutungsvoll Luft:
„Und nun, meine Damen und Herren, habe ich eine Überraschung für Sie. Unsere syrische Mitbewohnerin – Mitbürgerin darf ich wohl noch nicht sagen – ist bereit, uns einen Bericht über ihre Flucht und ihre jetzige Situation zu geben. Sie hat fleißig Deutsch gelernt, aber seien sie nachsichtig, wenn es einmal nicht ganz so glattgeht."
Er blickte die Frau mit dem Kopftuch, die neben ihm auf dem Podium saß, aufmunternd an:
„Sie haben das Wort, Dana!"
„Vielen Dank, dass ich hier sein darf. Vielen Dank auch für alles, was sie mir hier in Bordesholm be-

reits Gutes getan haben. Ich freue mich, dass ich hier bin!" Die junge Frau war sichtlich gerührt, fand aber schnell ihre Fassung zurück und fuhr langsam, manchmal nach Worten suchend, fort:
„Ich war 19 Jahre alt und ging noch zur Schule, als wir uns zur Flucht entschieden. Von Aleppo flohen wir nach Ägypten. Wir hatten alle keine Arbeitserlaubnis, lebten von Gelegenheitsjobs und von ersparten Geld. Trotzdem war ich voller Hoffnung. Ich war verliebt. Mit Hakim, der um meine Hand anhielt, wollte ich den Neuanfang wagen. Gemeinsam beschlossen wir, Sicherheit in Europa zu suchen. Wir wollten uns ein gemeinsames Leben aufbauen. Meine Eltern und meine zwei kleinen Geschwister blieben in Ägypten zurück. Hakim gab sein ganzes Erspartes, 5.000 Dollar, den Schmugglern, die uns auf ein überfülltes Fischerboot zwängten.
Wir kannten das Risiko. Doch nach drei Tagen auf See glaubte ich nicht mehr an eine sichere Ankunft. Ich sagte zu Hakim: „Wir werden alle ertrinken." Am vierten Tag kam ein verrostetet Schiff auf uns zu. Wir weigerten uns alle, in das seeuntaugliche Boot zu wechseln. Da rammten die wütenden Schmuggler ein Loch in unser Fischerboot und lachten. Innerhalb von einigen Minuten kenterte und sank das Boot. Die Menschen, die unter Deck gefangen waren, hatten keine Chance zu überleben. Ich hörte wie sie schrien und sah, wie ein Kind vom Propeller in Stücke zerrissen wurde. Um mich her-

um schwammen Leichen. Hakim fand einen Rettungsring für mich. Ich kann nicht schwimmen. Es war ein Kampf ums Überleben. In der folgenden Nacht verloren viele die Kräfte und den Mut. Ich musste zuschauen, wie Männer ihre Rettungswesten abnahmen und ertranken. Einer von ihnen übergab mir kurz vor seinem Tod seine neun Monate alte Enkelin Melek. Auch Hakim verließen bald darauf die Kräfte." Dana hielt inne, schluckte, aber das Publikum merkte ihr den Willen an, ihre Geschichte zu Ende zu erzählen:

„Ich musste mit ansehen, wie Hakim starb. Ich war nun für ein völlig erschöpftes Kind verantwortlich, das weinte, Hunger und Durst hatte. Ich sang für das Mädchen und erzählte ihm Geschichten, ein langer Tag verging, dann ein weiterer. Am zweiten Tag im Wasser kam ein Handelsschiff. Ich schrie um Hilfe, bis seine Suchscheinwerfer mich fanden. Die kleine Melek hat auch überlebt."

Beklemmende Stille lag in dem Raum. Alle sahen zu Boden. Nach unendlichen Sekunden ergriff der Vorsitzende, sich räuspernd, das Wort:

„Vielen Dank, Dana." Er blickte in das Publikum. „Aber wir haben noch einen weiteren Bericht. Bitte, Amruddin."

„Danke, danke sehr. Es fällt mir schwer, nach Dana zu sprechen. Mein Fall liegt anders, natürlich. Nachdem die deutschen Truppen aus Kundus abgezogen waren, habe ich mich nur noch verhüllt auf die Straße getraut. Ich fürchtete um mein Leben. Ich habe lange für die alliierten Truppen gearbeitet, von 2009 bis 2013 als Übersetzer bei der Bundeswehr. Den Taliban blieb das nicht verborgen. Ich erhielt einen Drohbrief, in dem stand: „Amruddin, du hast für die Ungläubigen gearbeitet. Du bist ein Spion der ausländischen Truppen in Kundus. Wenn wir dich erwischen, werden wir dich töten. Du bist zum Tod verurteilt worden." Bei dem Brief blieb es nicht. Ein Video mit einer Todesdrohung lag eines Tages vor der Haustür. Darauf sind neben Szenen von Anschlägen der Aufständischen auf die ausländischen Truppen in Afghanistan auch Bilder meiner Einsätze mit der Bundeswehr zu sehen. Ich wurde mit einem roten Pfeil markiert, daneben war das Wort Spion zu lesen. Ich wollte weg. Nach Deutschland. Man hatte uns immer gesagt, wir bräuchten keine Angst zu haben. Deutschland sei ein Land, das Dankbarkeit kennt. Ein Land, das auch in Zukunft für unsere Sicherheit sorgt." Der Afghane faltete einen Zettel auseinander, einen Zeitungsartikel. Er las vor:

„Hier steht: ‚Für den Fall, dass Sie bedroht sind - latent oder offen - bieten wir Ihnen auch Schutz in Deutschland. Darauf können sich alle verlassen, sagt der Bundesinnen- und frühere Verteidigungsminister Thomas de Maizière (CDU).'

Trotzdem durfte ich nicht nach Deutschland. Meine Anträge wurden abgelehnt. Es gäbe keine Anhaltspunkte dafür, dass ich aufgrund meiner Tätigkeit für die Bundesrepublik Deutschland einer be-

sonderen Gefährdung ausgesetzt bin, heißt es im Ablehnungsbescheid. Das verstand ich nicht, das verstehe ich immer noch nicht. Die Deutschen hatten doch die Verantwortung, mich rauszuholen - aus all den Problemen, dem Leid und der Gefahr. Aber ich musste flüchten. Auf eigene Kosten, auf eigene Gefahr. Zu Fuß, mit dem LKW und schließlich über die ‚Balkan-Route' mit all den Menschen aus Syrien und Arabien. Jetzt bin ich hier, und man will mich wieder abschieben. Für meine Arbeit wurde ich immer gelobt, doch jetzt will man mich zurück schicken in den sicheren Tod." Er brach ab. Nach einer Weile stieß er hervor: „Ist das gerecht?"
Eine kleine Gruppe hatte sich zu Fuß aus dem Savoy-Kino, in dem die Veranstaltung stattgefunden hatte, auf den Weg ins Restaurant ‚Belgrad' gemacht. Der Mathematikprofessor, der sich im Ruhestand der Schriftstellerei verschrieben hat, brach das Schweigen:
„Ich gebe ja einigen Asylbewerbern aus Afghanistan Unterricht in Deutsch. Und helfe bei Diesem und Jenem. Die sind mir so zugelaufen. Standen schwer bepackt vor dem Supermarkt, und da habe ich sie nach Hause gefahren. Seitdem kommen sie so ein, zwei Mal die Woche zu mir", sagte er.
Alle waren sich einig, dass man mehr helfen wolle. Das sollte im ‚Belgrad' besprochen werden.

Kapitel 18

Die Flure waren wie leergefegt. Längst war die Glocke, die das Pausenende einläutete, verstummt. Der Unterricht hatte begonnen, und es war Ruhe eingekehrt.
Nur nicht in einem Unterrichtsraum. Randale. Die Schüler unterhielten sich laut in allen möglichen Sprachen, lachten und johlten. Sie sollten Deutschunterricht bekommen. Im Nebenraum, in dem sich das Unterrichtsmaterial befand, prügelten sich zwei Schüler. Einer der Kontrahenten wurde gegen den Schrank mit dem Papier geschubst, und Material fiel auf den Boden. Im Unterrichtsraum schoss ein Schüler mit einer umgebogenen Büroklammer und einem Gummiband einem sogenannten Gegner an die Hand, mit welcher er zum Schutz seine Schultasche hochhielt. Der Schrei übertönte alles Andere.
„Jetzt ist aber Schluss." Die Klassensprecherin war aufgestanden. „Weiß jemand wie spät es ist?"
„Viertel nach"- „Nein, es ist erst dreizehn nach", wurde gestritten. „Ja typisch, ich denke, hier in Deutschland sind alle pünktlich!" kam ein dritter Kommentar. Alle lachten. „Pünktliche Leute machen ihre Fehler immer zuerst." - „Pünktlichkeit stiehlt uns die beste Zeit." Die Schüler versuchten, sich mit ihren Sprüchen gegenseitig zu übertreffen.
„Seid mal ein Augenblick ruhig, ich geh jetzt zum Sekretariat und frag, was mit unserer Frau Müller ist, es kann also sein, dass ich mit einer Aufsichts-

person zurückkomme", drohte die Klassensprecherin.

„Nein, wir wissen auch nicht, wo Frau Müller bleibt. Sie war nicht im Lehrerzimmer und bei ihr zu Hause haben wir auch vergeblich angerufen. Sie müsste schon längst hier sein", wurde die Klassensprecherin von der Sekretärin informiert.

„Wir haben schon den Freundeskreis informiert, die schicken jemanden zu Frau Müller."

Der Freundeskreis hatte sich dafür eingesetzt, dass die jungen Asylanten ihren Deutschunterricht in der Schule bekamen und auch Lehrer dafür begeistert, die in Deutsch unterrichteten. Eine davon war Frau Müller.

Einen Hausmeister, der einen Zweitschlüssel hätte, gab es in der zu Wohnungen umgebauten Scheune in der Frau Müller wohnte, nicht.

Nachdem auf Klingeln und Klopfen niemand reagierte, wurde die Freiwillige Feuerwehr Bordesholm informiert.

„Einen zwingenden Grund gibt es nicht, um die Tür aufzubrechen", meinte der Wehrführer, während er seine Hand schützend gegen das Licht, das sich in der Fensterscheibe spiegelte, an die Stirn hielt. Er stutzte.

„Sag mal, liegt da jemand auf dem Boden?" Er drehte sich zu seinen Kameraden um.

„Ruft den Unfallwagen und die Polizei, hier stimmt was nicht. Bring die Ramme rüber und ein Brecheisen."

Mit voller Wucht trieb ein kräftiger Feuerwehrmann sein Brecheisen zwischen Haustür und Zarge. Es war Eile geboten. Vielleicht konnte man noch helfen. Jetzt drückte er mit aller Kraft seinen Oberkörper gegen den langen Hebel des Eisens. Gespannt starrten seine Kollegen auf sein Tun. Sie standen schon zu zweit bereit, um mit der schweren Eisenramme die Tür aufzuschlagen.

Die Tür knarrte und gab dann mit einem lauten Knall nach. Der Feuerwehrmann machte schwer atmend den Eingang, der in einen kleinen Flur mündete, frei. Er war erfahren genug, um nicht den Weg für Spezialisten zu versperren.

Der Leiter der Feuerwehr machte einen Schritt in den kleinen Flur, um sich ein Bild vom Geschehen zu machen. Schnell erkannte er, dass hier nichts mehr zu retten war. Trotzdem ließ er nach dem Doktor rufen, der mit dem Unfallwagen inzwischen eingetroffen war. Für die Feuerwehr war die Arbeit getan. Hier gab es nichts mehr für sie zu tun. Sie rückte ab.

Nachdem Polizeiwachtmeister Schmidt die Nachbarn zurückgedrängt hatte, begab er sich in die Wohnung der Toten.

Sie sah merkwürdig aus, die Frau Müller. ‚Blass, wie aus Wachs', dachte Schmidt. Er hatte schon öfters Tote gesehen. Meist sehen sie aus, als schliefen sie. Aber Frau Müller sah irgendwie unwirklich aus. Ihre Zunge hing ein wenig aus dem Mund raus, als hätte sie noch geschrien. Ein langer Schnitt klaffte quer über ihren Hals. ‚Wie ein Tier abgeschlachtet', dachte Schmidt und ahnte nicht, wie dicht er dem Täter damit auf der Spur war. Ihr ganzer Oberkörper war mit Blut besudelt. Sie war regelrecht ausgeblutet. In ihrem Schoß lag ein Papier mit arabischen Schriftzeichen, das mit der rechten Hand der Toten gehalten wurde. Die Hand war blutverschmiert. Wahrscheinlich hatte sie versucht, mit der Hand ihre Wunde zu bedecken. ‚Wie bei der Leiche am Eidertalwanderweg' dachte Schmidt. Sie musste nach ihrem Tod noch bewegt worden sein, denn es zogen sich Blutspuren über den Boden.

‚Gen Mekka' dachte Schmidt. ‚Sie ist so positioniert, dass sie gen Mekka schaut'. Entweder ein Nachahmer, ein Zeichen, ein Rätsel oder eine falsche Fährte?

‚Kann man mit einer durchgeschnittenen Kehle schreien', fragte sich der Polizist, was ihn daran erinnerte, seine Arbeit zu machen. Nämlich die Nachbarn zu befragen.

Wachtmeister Schmidt dachte über seine Schulung nach, wo er gelernt hatte, dass Kriminalist von Beschuldigung, Anklage, Schuld, Verbrechen kommt. Erst einmal werde ich Bielfeld anrufen, der ist der Kriminalist, der hier ermitteln muss, nicht ich. Aber Bielfeld ging nicht an sein Handy.

Als Wachtmeister Schmidt sich umdrehte, um aus der Wohnung zur Vernehmung zugehen, sah er ein blutverschmiertes Messer in der Spüle liegen. Ist das die Tatwaffe?

Kapitel 19

Das Telefonat war merkwürdig. Der Anrufer nannte seinen Namen nicht.
„Ich bin mit der Auswertung des Islamismus und islamistischer Terrorismusgefahren befasst. Können wir uns sehen?"
„Wer sind sie? Sagen sie mir ihren Namen."
„Ich habe Informationen für sie. Um 21 Uhr. Am Bahnhof."
„Sagen sie mir jetzt ihren Namen! Sonst beende ich das Gespräch!" Hauptkommissar Bielfelds Stimme war energisch geworden. Aber das nützte nichts. Der Anrufer hatte bereits aufgelegt.
Bielfeld grübelte den ganzen Nachmittag über diesen sonderbaren Anruf. Sollte er zum Bahnhof gehen? Vielleicht eine Falle? Er müsste wohl auf jeden Fall jemanden mitnehmen. Zur Sicherheit. Er rief seine Kollegin Erika Friedberg an und berichtete ihr von der Sache. Sofort erklärte diese sich einverstanden, das Treffen zu beobachten. Friedberg wollte bereits ab 20.30 Uhr im Restaurant ‚Makkarita' Stellung beziehen. Von dort hätte sie einen wunderbaren Blick auf den Bahnhof und könnte das Geschehen verfolgen. Bielfeld war einverstanden.
Kurz vor 21 Uhr parkte der Hauptkommissar seinen Wagen auf dem Parkstreifen vor dem Rathausplatz. Er hatte mit seiner Kollegin, die im Restaurant saß, telefoniert. Aber Erika Friedberg war

nichts Außergewöhnliches aufgefallen. Einige Männer, offenbar Asylbewerber, saßen auf Bänken am Rathausplatz und hantierten mit ihren Smartphones. WLAN war hier kostenfrei. Bielfeld ging in das Bahnhofsgebäude hinein, aber hier hielt sich niemand auf. Auch die Toiletten im Bahnhof waren menschenleer; der Hauptkommissar wagte auch einen schnellen Blick in das Damen-WC. Langsam, aber nicht zu auffällig umkreiste der Kriminalbeamte das Bahnhofsgebäude. Er hatte keine Schritte gehört, aber die Stimme erkannte Kommissar Bielfeld sofort:

„Guten Abend, Herr Bielfeld, ich freue mich, dass sie kommen konnten."

Bielfeld fuhr herum. Ein kleiner Mann stand vor ihm, grau gekleidet, mit einer schwarzen Mütze auf dem Kopf. ‚Wie geschaffen für Geheimaktionen. An den erinnert sich niemand. Wie der Agent des Pharaos in dem einen Asterix-Band, der wie ein Chamäleon Formen und Farben verändern konnte', fuhr es Bielfeld durch den Kopf.

„Nun sagen sie aber endlich, wer sie sind und was sie wollen", fuhr Bielfeld den Kleinen an.

„Thiele mein Name, Wolfgang Thiele. Landesamt für Verfassungsschutz. Referat Auswertung Islamismus und islamistischer Terrorismus. Ich habe wichtige Informationen für sie."

„Wer ich bin, wissen sie ja offenbar. Also schießen sie los. Einen Dienstausweis werden sie mir sicher nicht zeigen?"

Bielfeld erinnerte sich an einen Kollegen, der sich zum Verfassungsschutz hatte versetzen lassen. Das war zwar lange her, aber die Geheimniskrämerei war bereits damals erheblich. In den Bereich der Verfassungsschutzabteilung kam man nur autorisiert herein.

„Natürlich können sie meinen Dienstausweis sehen. Wir haben hervorragende Fälscher!" lachte der Staatsschützer. „Aber bitte nicht hier. Ich habe den Bahnhofsbereich bereits seit drei Stunden beobachtet. Nichts Auffälliges. Wir können uns zu Ihrer Kollegin in das Restaurant setzen. Das ist bequemer."

Bielfeld war beeindruckt. Das hatte der also auch gemerkt. Die Spannung löste sich, als beide Männer auflachten. Erika Friedberg hatte die Szene beobachtet und war sehr überrascht, als das Paar auf das ‚Makkarita' zustrebte.

Wolfgang Thiele legte seinen Dienstausweis auf den Tisch. Beide Kriminalbeamten begutachteten das seltene Stück. Man bestellte Wasser und eine große Antipastiplatte. Dann begann der Verfassungsschützer zu berichten. Dabei verstand er es, seine Informationen in einen plaudernden Smalltalk-Ton zu verpacken. Niemand hätte erahnt, dass hier der Verfassungsschutz die örtliche Kripo ins Bild setzte.

„Es geht um diesen Raffael. Ich muss Ihnen alle seine Namen sicher nicht aufzählen, wir wissen, von welchem Früchtchen wir reden. Der Gute ist wieder im Lande. Genau weiß ich nicht, wo er sich aufhält. Auch der Claas und der Karim sind untergetaucht. Und genau das macht uns misstrauisch. Kennen Sie doch, Misstrauen! Sagt der Firmenchef zum Buchhalter: ‚Seit sie bei uns sind, machen sie haufenweise Überstunden. Sie haben noch nie um eine Gehaltserhöhung gebeten. Welche krummen Dinger drehen sie eigentlich bei uns?!'" Während sich Bielfeld und Friedberg fragend ansahen, fuhr Wolfgang Thiele ungerührt fort: „Tja, und denn passiert da im Nahen Osten Neues. Die Mullahs rufen nicht mehr alle Gläubigen auf, zu ihnen in den Islamischen Staat zu kommen, um dort zu kämpfen. Ich kenne das noch fast auswendig, wie es der Pierre Vogel versuchte: **Geht doch einfach mal zu den Flüchtlingen, habt ein offenes Ohr, und dann, wenn ihr in dem Flüchtlingsheim seid, und ihr sagt dann, ja es ist die Gebetszeit, komm wir fangen an zu beten, dann motiviert ihr sie automatisch auch mitzubeten. Ihr müsst Euch vorstellen, viele Missionare sind da draußen, die wollen die Flüchtlinge vom Islam wegbringen, die sagen, guckt mal hier, wir haben viel mehr Nächstenliebe. Aber wir müssen ihre Herzen gewinnen. Für unseren Kampf. Jetzt sagen die: Bleibt wo ihr seid. Greift sie an, mit allem, was ihr habt."

„Und sie meinen, diesen Auftrag haben Raffael und seine Leute erhalten?"

„Es gibt Gründe für die Annahme."

„Was ist zu tun?" Bielfeld stellte diese Frage.

„Das ist schwer zu sagen. Der IS will neuerdings mit Terrorangriffen auf sogenannte weiche Ziele Angst und Schrecken verbreiten. Die Angriffsziele suchen sich die Terrorgruppen vor Ort aus. Sie fühlen sich ermächtigt, selbst über Leben und Tod zu entscheiden. Angst ist ihre strategische Waffe."

„Das alles macht unseren Job nicht einfacher. Und es bleibt die Frage: Was tun wir!" Friedberg runzelte die Stirn.

„Wir versuchen rauszubekommen, wo sich Raffael, Claas und Karim aufhalten. Wenn ihnen hier Hinweise vor die Füße fallen, informieren sie mich bitte. Und kümmern sie sich um Mario. Beobachten sie, was er macht. Er wohnt ja noch bei seiner Mutter. Und gehen sie jedem Hinweis nach, wenn ihnen etwas Ungewöhnliches gemeldet wird.

Kapitel 20

Erika Friedberg nahm noch einen Schluck Kaffee aus ihrer Tasse und setzte sie vorsichtig ab. Gedankenverloren befeuchtete sie ihren Zeigefinger mit ihrer Zunge und tupfte damit die restlichen Kuchenkrumen von ihrem Stullenteller. Sie dachte an ihren Sohn Finn, der das Haus gerade verlassen hatte. Hatte sie alles richtiggemacht? Hatte sie ihrem Sohn die Freiheit gelassen, selbst über sein Leben zu bestimmen und ihm trotzdem den richtigen Weg zu zeigen? War Nasrin die Richtige? Was ist richtig?
Das weiß man immer erst hinterher.
Erika Friedberg schüttelte den Kopf, um in die Wirklichkeit zurückzukommen. Sie hatte sich heute vorgenommen, den Rechtsanwalt Heller zu befragen.
Sie nahm ihr Handy und rief das Büro an, um sich abzumelden. Zügig räumte sie den Tisch ab, zog den Mantel an und hängte sich ihre Tasche um. Im Hinausgehen griff sie nach ihrem Autoschlüssel, der auf der Kommode lag. Sie freute sich immer noch darauf, mit dem neuen Auto zu fahren. Sie freute sich auch auf Alt-Bordesholm. Sie mochte diesen Teil von Bordesholm am liebsten. Der See, das Kloster, die alte Gerichtslinde. Oft ist sie um den See gejoggt. Und überhaupt hat sie eine Affinität zum Wasser. Es beruhigt. Es sieht jedes Mal an-

ders aus. Mal war es glatt, mal wellig, mal kappelig und bei starkem Wind war es mit Schaumkronen bedeckt.

Gleich hinter ‚Kisten-Freese' und gegenüber dem ‚Hotel Carstens' bog sie an der Ampel rechts in die Holstenstraße, die in die Heintzestraße mündet. Hier musste der Rechtsanwalt wohnen. Um einen Parkplatz zu finden fuhr sie noch ein Stück weiter. Zu Fuß ging Erika Friedberg zurück. Auf dem Weg zur Wohnung musste sie einige Stufen hinaufsteigen. Schon von hier aus hatte man einen Blick auf den See.

‚Nicht schlecht', dachte sie und klingelte.

Nach einiger Zeit vernahm sie ein Schlurfen. Sie konnte es nicht ab, wenn jemand die Füße nicht hochbekam und dabei schlurfte.

„Moment", hörte sie eine Männerstimme.

Eine Kette wurde gelöst und ein Schlüssel drehte sich im Schloss. Abgestandene Luft strömte ihr entgegen, als die Tür geöffnet wurde.

„Ja bitte?" Ein älterer Mann mit Nickelbrille blickte Erika freundlich an.

„Schönen guten Tag. Sie erinnern sich? Ich bin Erika Friedberg von der Kripo Kiel.

„Ich habe ein paar Fragen an sie, kann ich hereinkommen?"

„Ja, kommen sie, möchten sie einen Kaffee?

„Nein danke, ich habe gerade Kaffee gehabt."

Heller drehte sich um und schlurfte ins Wohnzimmer.

„Kommen sie herein und machen sie es sich es bequem." Heller deutete auf einen Sessel, aber Erika blieb vor dem Fenster stehen.

„Einen herrlichen Ausblick haben sie hier", schwärmte sie.

„Ja, ja der Ausblick ist sehr schön, ich genieße ihn immer wieder. Was haben sie denn für Fragen?" Heller ließ sich auf das Sofa fallen.

„Praktizieren sie noch?" begann Friedberg das Verhör und steuerte den vorher angebotenen Sessel an.

„Vor geraumer Zeit, zu Beginn meines Ruhestandes, habe ich ab und zu Asylanten vertreten, und mich gleichzeitig weitergebildet und Arabisch gelernt. Jetzt wird mir das zu viel. Eigentlich wollte ich aufhören."

„Haben sie privaten Kontakt zu den Flüchtlingen und kennen sie einen sogenannten Dr. Schiwago?"

„Nein", antwortete Heller, ich habe keinen privaten Kontakt und will auch keinen haben, das gibt nur Komplikationen. Den Dr. Schiwago kenne ich nur flüchtig."

„Und Frau Hof oder Frau Müller? Möglicherweise haben sie diese bei ihren Fortbildungen kennengelernt?" Friedberg hatte ihre Frage sehr wohl formuliert, im Wissen, dass Frau Müller ermordet war.

Heller überlegte einen Augenblick.

„Nein, ich habe nur mitbekommen, dass die Frauen sehr geduldig mit ihren Schülern umgegangen und sehr beliebt sind."

Erika Friedberg merkte bald, dass es nichts Neues zu erfahren gab und sie hier nicht weiterkam. Sie stand deshalb auf und ging wieder zum Wohnzimmerfenster. Es war doch schon spät geworden und bald würde die Sonne untergehen. Auch der Rechtsanwalt war aufgestanden und trat neben Erika Friedberg.

„Möchten sie nicht doch etwas trinken, ich meine nicht Kaffee, vielleicht ein Glas Wein, oder haben sie noch dienstliche Fragen?"

Friedberg musste lächeln, die Frage war gut formuliert.

„O.k. sie haben mich überzeugt, wenn sie haben, möchte ich einen trockenen Rotwein."

„Wunderbar, damit kann ich mit dienen." Friedberg hatte den Eindruck, dass der Rechtsanwalt sich freute, jemanden zu haben, mit dem er sich unterhalten konnte. Er tat ihr leid. Rechtsanwalt Heller hatte eine Flasche geöffnet und zwei Gläser gefüllt, und so standen beide am Fenster, erfreuten sich an der schönen Aussicht und einem guten Wein.

„Eigentlich", begann er, „eigentlich habe ich das mit den Flüchtlingen nur getan, weil ich so alleine war. Ich war Zeit meines Lebens allein und hatte nie eine feste Partnerin." Erika erschrak, ‚fing der Anwalt jetzt etwa an zu weinen'?

„Ach, fuhr Heller fort, „sie haben da bestimmt keine Probleme, so wie sie aussehen."

Friedberg musste grinsen, flirtete der alte Herr etwa mit ihr? Aber Heller war in Laune und plauderte weiter.

„Mein einziges Hobby, die Jagd, kann ich aus gesundheitlichen Gründen nicht mehr ausüben. Wegen meines Rheumas kann ich nicht mehr stundenlang auf dem kalten Hochsitz auf das Wild warten. Und das Tragen des schweren Wildes ist für meine alten Knochen unmöglich geworden. Die jungen Jagdkollegen würden weder aus Höflichkeit noch aus Mitleid helfen."

„Ach Herr Heller, seien sie doch froh, es geht ihnen doch immer noch gut, denken sie doch einmal an die vielen Leute in ihrem Alter, denen es sehr viel schlechter geht", versuchte Friedberg den Anwalt aufzumuntern.

„Wenn man keinen Menschen hat, mit dem man sich austauschen kann, fehlt einem doch so einiges. Nur meine alten Eltern in Lübeck kümmern sich noch um mich. Wir telefonieren ab und zu."

Erika Friedberg schaute erschrocken auf ihre Uhr. „Oh, entschuldigen sie Herr Heller, ich muss los, meinen Sohn abholen." Enttäuscht brachte der Anwalt Erika Friedberg zur Tür.

Kapitel 21

Der Sonntag war Verkaufsoffen. Die Leute strömten in die Geschäftsstraßen von Bordesholm. Wie viele es waren, würde Montag in den Zeitungen zu lesen sein. Niemand aber wusste, woher die Zahlen kamen. Nur Dietrich Ladwig. Er stellte sich eine halbe Stunde vor die Bordesholmer Sparkasse, beobachtete die Menschenströme und sagte: „Heute sind 8000 Leute hier."

Viele von diesen 8000 sind sicherlich seit vielen Jahren zufriedene Kunden der Bordesholmer Sparkasse

Bordesholmer Sparkasse AG

Aber Dietrich Ladwig ist nicht mehr.

Zu den vielen Menschen, die den Verkaufsoffenen Sonntag nutzten, um zu flanieren, zu schnacken, sich an den zahlreichen Angeboten der Geschäfte zu erfreuen oder etwas Leckeres zu essen, gehörten auch Karim und Claas. Langsam schlenderten sie die Bahnhofstraße entlang. Von einer freundlichen Frau, die mit ihrem Mann einen Stand mit allerlei Selbstgemachtem vor Bäcker Andresen aufgebaut hatte, kaufte Karim zwei Paar handgestrickte Socken. Er hatte in ihrer Werkstatt mit dem blanken Betonfußboden dauernd kalte Füße. Claas zog es zum Parkplatz der Firma Kiel am Bahnhof. Er wusste, dass dort Didi`s köstliche Erbsensuppe auf ihn wartete. Karim blieb am Crêpes-Stand gegenüber dem Kinderkarussell vor Rossmann stehen und reihte sich in die Schlange ein. Claas hatte bereits den ersten Teller Erbsensuppe verdrückt und lauschte der Erzählung am Nebentisch. „Da ist mal so ein Abzocker auf die Nase gefallen. Er wollte die Firma Kiel abmahnen, weil sie vorgebe, ihr Geschäft liege in Kiel. Für 2000 Euro wollte der Abmahnverein auf Unterlassungsansprüche verzichten. Kiel hat den Brief gelöscht, einen zweiten und weitere auch. Und als dann die Unterlassungsklage kam, hat er einfach zurück gemailt, dass sein Name Kiel sei, auch der des Firmengründers schon, und dass er überall auf der Welt Firmen mit dem Namen Kiel gründen könne…" Karim trug vier übereinander gestapelte Tabletts mit Crêpes.

„Drei Mal herzhaft. Mit Käse, Pilzen und Mozzarella-Tomate. Als Dessert schön süß. Mit Nutella", sagte Karim, während er die Crêpes nebeneinander auf dem Tisch platzierte.
„Bekommst du auch Nachschlag?" fragte Claas, der zusah, wie ihm der immer freundliche Didi mit strahlendem Lächeln den Teller zum zweiten Mal füllte und vor ihm abstellte. „Na ja, egal, guten Appetit."
Die jungen Männer ließen es sich schmecken. Gesättigt wollten sie mittels Ching-Chang-Chong klären, wer einen Kaffee vom Stand nebenan holen sollte. Claas grinste siegesgewiss: Er glaubte, die ultimative Siegesstrategie für das Spiel mit Stein-Schere-Papier zu haben, und hob den Arm. Da gefror sein Lächeln. Die leise Stimme Raffaels riss die Freunde zurück in schlimme Zeiten.
„Salaam, Freunde, Friede sei mit euch."
Sprachlos starrten Karim und Claas ihr ehemaliges Vorbild an.
„Die Gewohnheit ist die zweite Natur des Menschen, wusste schon Cicero. Schön, dass ihr immer noch die gleichen Angewohnheiten an Verkaufsoffenen Sonntagen habt und ich euch finden konnte."
Die einschmeichelnde und dennoch bestimmte Stimme Raffaels war unverkennbar, aber der Mann war kaum wieder zu erkennen. Raffael hatte sich scharf rasiert, trug zu dem aus einem dunklen Kurzmantel aufsteigenden schneeweißem Hemd

eine modische Krawatte und auf dem Kopf einen klassischen Hut mit schmaler Krempe.

„Whow, du siehst ja aus, wie ein Banker. Karriere gemacht?" Karim pfiff anerkennend durch die Zähne.

„Keine Angst. Ich habe nicht bei der HSH Nordbank angeheuert. Aber ich glaube, meine Tarnung ist gut. Karriere mache ich höchstens im Dienste des Dschihad. Ihm bin ich verbunden, mit Haut und Haar." Raffael blickte den beiden nacheinander in die Augen: „Ich hoffe, ihr auch noch."

Claas und Karim sahen sich verlegen an. Aber bevor einer antworten konnte, sagte Raffael:

„Nein! Nicht hier. Wir könnten belauscht werden. Richtmikrofone. Hinter dem Rathaus parkt mein Wagen. Ich gehe voraus, ihr folgt mir in ein paar Minuten. Dann fahren wir irgendwo hin, wo wir ungestört reden können."

„Ich will aber gar nicht mit dir reden!" stieß Claas hervor. Karim legte ihm den Arm um die Schulter:

„Lass uns doch anhören, was er will. Wir wissen nicht, was er macht, wenn wir ihm nicht folgen."

Rafael war leichtfüßig zwischen den Menschen verschwunden. Ein Mann in sportlichem Anorak mit einer großen Kamera um den Hals hatte es plötzlich eilig, von dem Kaffeestand Richtung Rathaus aufzubrechen. Er wählte die Abkürzung durch die Kiel-Passage. Zwischen den beiden zurück gebliebenen Freunden entspann sich ein Disput, der im-

mer lautstärker wurde, bis Didi lächelnd dazwischen ging:
„Aber meine Herren! Vertragt euch. Ihr wisst doch, wer laut wird, hat Unrecht."
Karim entschuldigte sich, bezahlte, und dann gingen die beiden Männer, immer noch erregt gestikulierend, zum Parkplatz hinter dem Rathaus.
Claas staunte nicht schlecht, als er Raffaels Auto sah: Ein Porsche Panamera.
„Deine Geschäfte laufen nicht schlecht, wie ich sehe", sagte Claas, als sie einstiegen.
„Ich sagte doch schon: Mein Geschäft ist der Dschihad. Das Auto ist auch nur ein Hilfsmittel, eine Waffe." Aus dem jovialen Geschäftsmann war wieder der stahlharte Gotteskrieger geworden. „Aber wir reden, wenn ich parke."
Schon bei der Fahrt über den Moorweg bemerkte Raffael, dass ihm zwei Autos folgten: Ein schwarzer Audi und ein roter Kombi. ‚Macht nichts. Dann weiß ich, wo die sind. Abhängen kann ich sie immer noch', dachte er sich. Er fuhr über die alte Landstraße und den Milchweg und bog auf den kleinen Feldweg zum Brautberg hinauf. Unterhalb des bewaldeten Grabhügels hielt er das Auto an. Von hier hatte er einen weiten Blick, konnte sich annähernde und vor allem parkende Fahrzeuge in einigen hundert Metern Entfernung sehen. Er stellte das Radio an, und dann wendete er sich den beiden jungen Männern zu:

„Ich will, dass ihr wieder auf den richtigen Weg kommt. Ich brauche euch. Ihr dürft euch nicht entziehen!"

„Aber was sollen wir denn tun? Wir sind friedliche Bürger, wollen keinen Ärger. Wir machen ein Geschäft auf, wollen eine finanzielle Grundlage für unser Leben schaffen", erklärte Karim, und Claas fügte hinzu: „Wenn unser Geschäft erfolgreich ist, spenden wir auch etwas für den Dschihad." Mit einem bohrenden Blick machte Raffael klar, dass dies kein Ausweg sei.

„Ich sage euch, was ihr tut. Ihr baut eine Drohne, die eine Bombe tragen kann. Wenn ihr so weit seid, erfahrt ihr Weiteres von mir. Ich erkundige mich von Zeit zu Zeit nach eurem Fortschritt. Und nun steigt bitte aus. Ihr schafft es zu Fuß nach Hause." Damit gab er Gas und ließ die Freunde allein. Der Wagen schoss den Feldweg hinunter zur L 318. Dort bog Raffael links ab, beschleunigte auf der Landesstraße, wählte den zweiten Abzweig Richtung Kiel, riss den schweren Wagen herum in die Richtung Neumünster, drosselte die Geschwindigkeit und blickte lächelnd in den Rückspiegel. Nichts von den Verfolgern zu sehen.

Missmutig machten sich Claas und Karim auf den Fußweg nach Bordesholm.

„Scheißkerl das. Oder hast du wieder Lust auf dessen Dschihad?" Claas blickte seinen Kumpel wütend an.

„Nee, überhaupt nicht. Aber wie werden wir den Kerl los?" Schweigend marschierten sie weiter. Den schwarzen Audi, der sich ihnen manchmal näherte, beachteten sie nicht. Auf der Bank im Wartehäuschen gegenüber der Verwaltungsakademie machten sie Rast. Danach trennten sich ihre Wege.

„Lass uns Nägel mit Köpfen machen. Du willst nicht wieder in den Heiligen Krieg ziehen, und ich auch nicht. Ich will nachts ruhig schlafen", sagte Claas.

„Ja, mit meiner Schwester." Aber Karim lächelte nicht einmal selbst über seinen Scherz.

„Im Ernst. Wir haben ein Projekt: Bau und Vermarktung der Drohne. Und wenn wir etwas verdienen, dann spenden wir nicht für den Dschihad, sondern für Flüchtlingskinder." Claas war lauter geworden.

„So wollen wir es machen!" Karim bot dem Freund die Hand zum Abklatschen.

„Und wenn Raffael noch einmal auftaucht, melden wir das der Polizei!"

Damit trennten sich die Freunde.

Der vor der Verwaltungsakademie parkende schwarze Audi setzte sich in Bewegung, als die beiden Männer außer Sichtweite waren.

Kapitel 22

„Mensch, Raffael. Ich habe heute etwas Lustiges erlebt. Muss ich dir unbedingt erzählen." Mario strahlte über das ganze Gesicht.
„Bruder, das freut mich, dass es dir so gut geht und dass wir uns heute hier in Hamburg wiedersehen. Aber lass mich hören!"
„Seit einigen Tagen stehen doch die Schlapphüte von der Polizei oder vom Verfassungsschutz vor unserem Haus, um mich ganz unauffällig zu beschatten. Bei Claas und Karim sollen sie auch Tag und Nacht in ihren Autos sitzen. Zum Glück wohnen ja viele Leute bei uns in der Mietskaserne und da fällt es nicht so auf, wenn jemand rein oder rauskommt. Aber um sicher zu gehen, hatte ich mir die blonde Perücke von meiner Mutter aufgesetzt, ihren Mantel angezogen und ihre Handtasche umgehängt und bin dann mädchenhaft lächelnd am Polizeiwagen vorbeigeschlendert. Die Idioten haben natürlich nichts gepeilt. In der Toilette am Bahnhof bin ich wieder zum Mann geworden und habe die Frauenutensilien im Schließfach verstaut. Zum Glück gibt es in Bordesholm immer noch keine Überwachungskameras!"
„Und unser Treffpunkt hier auf dem Altonaer Balkon ist doch auch genial."
Raffael war deutlich anzumerken, wie stolz er über seinen Einfall war.

„Du bist schnell am Bahnhof Altona, brauchst nur durch die Max-Brauer-Allee zu gehen und bist dann fast schon wieder in der Pampa. Und ich habe es nicht weit zu meinem Unterschlupf in der Hafenstrasse."

„Und durch die vielen Touristen hier, die den atemberaubenden Ausblick auf die Elbe und den Hamburger Hafen genießen, fallen wir nicht so auf." Mario tat die Großstadtluft in diesem schönen Park sichtlich wohl. „Aber was hast du eigentlich in deiner Sporttasche versteckt, Raffael? Du hütest sie ja wie deinen Augapfel."

„Mario, du hattest bei unserem letzten Treffen in Neumünster zugesagt, bei unserem Krieg gegen die Gottlosen mitzukämpfen. Ich gehe davon aus, dass du dich inzwischen im vitaMAX zum Schnupperkurs angemeldet hast."

Mario nickte mit dem Kopf.

„In dieser Tasche befindet sich die Waffe für deinen Einsatz. Eine Zeitbombe. Die Anleitung zum Zünden des Sprengstoffes liegt im Seitenfach der Tasche. Es ist alles ganz einfach."

„Aber Raffael, ich will auf keinen Fall Schulkameraden oder Freunde töten, die dort Sport machen."

„Wenn du die Tasche mittags gegen 12:00 Uhr in der Umkleide vom vitaMAX abstellst, sind dort nur ein paar alte Männer, die ihre welken Körper aufpeppen wollen. Außerdem ist die Sprengkraft der Bombe so gering, dass nur die Zwischendecke zum SAM beschädigt wird. Menschenopfer sind kaum zu erwarten. Wir wollen ein Zeichen setzen gegen die menschenverachtende Politik des syrischen Regimes und seiner gottlosen Freunde, die auch in Deutschland das Leben unserer Brüder und Schwestern gefährden."

„Und die Flüchtlinge, die im SAM untergebracht sind? Was passiert mit denen?"

Marios Bedenken waren noch nicht völlig ausgeräumt.

„Die kriegen nur etwas Staub und Beton auf ihre abtrünnigen Schädel. Vielleicht hilft es ja, sie auf den richtigen Weg zu bringen!"

„Ok, ich mache mit. Zuhause studiere ich erstmal die Anleitung. Und wenn der Tag gekommen ist, gehe ich – vielleicht mit Perücke – ins vitaMAX. Oder ich nutze die Zeit, wenn die Polizisten ihre Frühstückspause bei Rollo & Friends machen. Sind halt richtige Beamte mit festen Pausenzeiten."

„Mario, ich verlasse mich auf dich! Wir treffen uns einen Tag nach deinem heroischen Kampfeseinsatz in Neumünster." Raffael übergab die Adidas-Sporttasche an Mario und drückte ihn lange und herzlich. „Mario, ich bin stolz, dich als Bruder zu haben!"

Mario sah Raffael lange hinterher, als dieser gen Westen in Richtung Hafenstrasse verschwand. Ein Pärchen, das einen prächtigen braunen Labrador mit sich führend Raffael folgte, hielt Mario kurzzeitig für Polizeispitzel. Aber sie bogen nach wenigen Minuten in Richtung Altonaer Rathaus ab und Mario war beruhigt. Er schulterte die Sporttasche und ging auf der belebten Straße zum Bahnhof. Zum Glück kreuzte kein einziger Polizist seinen Weg. Auch im Zug nach Bordesholm war er völlig ungestört, nicht einmal die Fahrkarten wurden kontrolliert. Und vor seinem Haus hatten die Schlapphüte auch etwas Besseres zu tun, als sich in ihrem Polizei-Passat den Hintern breit zu sitzen. Mario war es recht.

Kapitel 23

„Zieht der immer so an der Leine?" Nasrin blickte mit groß-erstaunten Teenie-Augen auf Puck, der lebhaft kämpfend die Übermacht der Hundeleine überwinden wollte.

„Naja, hier riecht es eben besonders verlockend für solch eine neugierige Hundenase. Vorhin am Bothkamper See nach Wald und Wild und hier im Dorf nach der Schweinemästerei." Wilhelm Bielfeld grunzte etwas abgekämpft am oberen Ende der Hundeleine. „Zum Glück sind wir ja gleich im Antikhof."

„Und dort sitzen wir hoffentlich schön gemütlich am warmen Kamin und bekommen ein leckeres Essen." Erika Friedberg war von der zweistündigen Winterwanderung durchgefroren. Leider hatte sie keinen passenden Wärmespender dabei. Ihr frischverliebter Sohn hatte Augen und Hände nur für seine Flamme Nasrin und ihr Kollege Bielfeld war mit Puck und der Leine beschäftigt. Seine Freundin Dagmar Borgandt und deren Tochter Alina waren die Einzigen aus der Spaziergänger-Gruppe, die Blick und Aufmerksamkeit den Bisseer Skulpturen und den hübschen Bauernhäusern widmeten.

„Bei einigen Sachen kann ich nicht erkennen, ob es sich hierbei um Kunst oder nur um verrostete landwirtschaftliche Gebrauchsgegenstände handelt, Mami."

„Ach Töchterchen, spätestens beim Preis merkst du den Unterschied. Aber schau mal dort rechts, das neue Reetdachhaus, das sieht doch wirklich sehr hübsch aus!
Und der Preis wird auch hier entsprechend hoch sein."
Obwohl auf dem Parkplatz vom Antikhof – wie so oft - viele Fahrzeuge standen, bekamen die fünf gleich einen Tisch. Zum Glück für Puck aber nicht direkt an der heißen Feuerstelle, sondern eher am Rande des urigen Restaurants. Der völlig erschöpfte Puck machte es sich auf den Katzenkopfpflastersteinen bequem, nach wenigen Minuten zeigten seine wild zuckenden Beine, dass er den aufregenden Spaziergang mit den spannenden Gerüchen im Traum verarbeitete.
Nasrin zeigte lachend auf den lebhaft träumenden Hund:
„Finn, wann wollen wir endlich mit dem Schnupperkursus im vitaMAX beginnen? Ein bisschen mehr Bewegung könnte uns beiden nicht schaden, zumal wir mit dem Badminton-Spielen aufgehört haben. Und wie ich dich kenne, wirst du dir nach dem fetten Grünkohlessen auch noch das leckere Eis im Marzipanmantel bestellen."
Während die drei Frauen gesundheits- und kalorienbewusst leichtere Gerichte wie ‚Bisseer Pfannfisch', ‚Mozzarella in Honig-Nuss-Kruste' und ‚Land und Meer' – also Riesengarnele mit Lammrü-

cken – genossen, verschlangen Bielfeld und Finn mit großem Appetit ihre Grünkohlplatten.

„Herrlich diese süßen Bratkartoffeln und die knusprige Schweinebacke. Das gibt es nur auf dem Land! Da könnte ich mich reinlegen!" Bielfeld wischte sich genussvoll den Bierschaum vom Mund und freute sich über den netten Tag und den schönen Restaurantbesuch.

„Diesen Hof gibt es nachweislich seit dem Jahre 1452, und schon im 18. Jahrhundert hatte der damalige Landwirt Prien die Schankkonzession. Aber erst seit 1973 hat der Antikhof seine heutige Gestalt als Restaurant und als Antiquitätengeschäft."

Bielfeld dozierte etwas oberlehrerhaft, was aber keinen störte, weil keiner zuhörte.

Erika Friedberg studierte die Dessertkarte, Dagmar Borgandt und Alina diskutierten darüber, ob im Laden von Karin Russ der Wohlstandskitsch oder die netten Sachen überwiegen würden. Finn und Nasrin kuschelten verliebt auf dem antiken Sofa.

„Gibt es denn die Schnupperkurse im vitaMAX überhaupt noch? Da sollen doch Flüchtlinge untergebracht werden." Bielfeld griff Nasrins Bemerkung von vor zehn Minuten auf und erzielte damit endlich die von ihm angestrebte Aufmerksamkeit.

„Ach was Wilhelm. Du musst die Zeitung aufmerksamer lesen. Du sitzt doch immer lang genug an der KN. Die Flüchtlinge sind im SAM, das liegt unterhalb des vitaMAX." Auch Dagmar Borgandt beherrschte den Oberlehrerton, obwohl sie Friseurin war.

„Na komm Schatz. Bevor die Flüchtlinge einen Stock höher ziehen, machen wir schnell den Schnupperkurs im vitaMAX. Der kostet nur 59 Euro für vier oder fünf Wochen und du kannst dir deine ‚Eisimmarzipanmantelkalorien' auf dem Stepper wegstrampeln." Vergnügt kichernd zwickte Nasrin ihrem Freund in den schlanken Teenie-Bauch.

„Ich spendiere euch beiden die Kursgebühren. Ich freue mich ja, dass ihr beide so aktiv seid." Erika Friedberg hatte immer noch ein schlechtes Gewissen wegen ihrer anfänglichen Bedenken gegen Nasrin. ‚Da hat Finn wirklich Glück gehabt mit diesem netten Mädel.' Erika musste bei diesem Gedanken schmunzeln.

„Aber jetzt will ich auch das Eis im Marzipanmantel. Das soll ja wirklich sehr lecker sein. Und einen Verteiler und einen doppelten Espresso! Oder beides doppelt!"

Kapitel 24

„Jetzt fassen wir einmal alles zusammen: Wer ist jetzt noch verdächtig?" eröffnete Bielfeld die Diskussion. Dabei löste er die Banderole der Mappe, die vor ihm lag und kippte den Inhalt auf den Tisch. Mit der rechten Hand verteilte er die Schriftstücke, um ein paar Fotos herauszunehmen.
„So, erst einmal die Tatsachen, der Tod von Djadi Al Shaar alias Dr. Schiwago."
Er nahm eine Stecknadel von der Ablage unterhalb der Pinnwand, mit der er das Foto in die Mitte der Tafel aufspießte.
„Die Leiche wurde am Freitag in den Abendstunden auf dem Eidertalwanderweg in einer Schutzhütte von einer Wandergruppe gefunden. Der Tod des Mannes wurde vom Doktor auf siebzehn Uhr desselben Tages festgelegt. Die Leiche war gen Mekka ausgerichtet und hatte ein Schild um den Hals mit arabischen Buchstaben, auf dem zu lesen war: ‚Allah ist groß!'"
„Hat jemand einen Kaffee für mich?" wandte sich Bielfeld an seine Zuhörer. Und weil keiner als Arschkriecher gelten wollte, meldete sich auch keiner.
„Ich geh schon", sagte Friedberg im Aufstehen und ging kopfschüttelnd zum Kaffeeautomaten im Nebenraum, um kurz darauf mit zwei gefüllten Bechern zurückzukommen.

„Die zweite Leiche wurde am Mittwochvormittag in ihrer Wohnung, ebenfalls mit aufgeschnittener Kehle, gefunden. Der Todeszeitpunkt..." Bielfeld schaute auf den Bericht, der vor ihm auf dem Tisch lag und fuhr fort, „...wurde Dienstagabend zwischen neunzehn und dreiundzwanzig Uhr festgelegt. „Es handelt sich hier um Frau Ursula Müller. Die Frau wurde ebenfalls gen Mekka ausgerichtet und hatte auch ein Schild in Arabisch mit der Aufschrift ‚Alah ist groß' um ihren Hals."
Bielfeld nahm ein zweites Foto vom Tisch und nagelte es schwungvoll mit der Nadel ebenfalls an die Pinnwand unterhalb des ersten Fotos. Es zeigte Frau Müller in ihrer Küche.
„Wir gehen erstmal davon aus, gleiches Vorgehen, also gleicher Täter. Hier stellt sich die Frage zum Motiv. Religiös, Rache oder Kapital? Und vor allem, wer kommt als Täter in Frage?"
„Und was verbindet die Beiden?" ergänzte Friedberg und gab sich selbst die Antwort. „Das einzige, was die beiden verbindet, ist, dass sie Arabern Deutschunterricht gaben."
„Da wäre aber noch ein anderes Motiv, nämlich aus der rechten Szene", ergänzte Bielfeld. „Dafür können wir einen Raubmord ausklammern, es wurden keine Wertgegenstände gestohlen. Nun gut, das sind die Fakten. Haben wir Vorschläge, welche Täter in Frage kommen?"
„Da haben wir Rechtsanwalt Heller. Der hat kein richtiges Alibi und er erfüllt viele Verdachtsmo-

mente. Er kann zum Beispiel ein wenig arabisch. Er ist Jäger. Aber ein Motiv ist nicht auszumachen", übernahm Friedberg das Gespräch. „Es kann aber immer noch ein uns unbekannter Täter sein, den wir noch gar nicht im Visier haben. Wir haben da noch diesen Fanatiker, wie war doch noch sein Name? Ach ja, Raffael. Der wäre dazu im Stande. Und was ist mit der Anna Hof? Eifersucht! Das wäre ein Motiv, aber ist die im Stande jemanden zu ermorden? Auf jeden Fall spricht sie arabisch."

„Gut", erwiderte Bielfeld. „Der Reihe nach, ich werde mir die Anna Hof mal vorknöpfen. Du Friedberg wirst den Heller weichklopfen und Schmidt wird die Aktenlage von diesem Terroristen Raffael auf den neuesten Stand bringen. Dann treffen wir uns erneut und sehen weiter. Auf, auf Leute. schlaft nicht ein!"

Kapitel 25

„Hey, Nasrin! Na toll, dass du auch endlich da bist." Mit einem verliebten Kuss begrüßte Finn seine Freundin zärtlich auf dem Parkplatz des vitaMAX. Beide waren trotz des Schmuddel-Wetters von der Schule mit dem Fahrrad gefahren. Finn hatte natürlich viel schneller als seine Freundin das Ziel erreicht.
„Hatte ich doch wohl gesagt, dass ich noch ankommen werde. Glaubst du mir etwa nicht?" Nasrin knuffte ihrem Freund zärtlich in die Seite. „So, nun lass uns schnell ins vitaMAX, sonst wird das nichts mehr mit deiner Tarzan-Figur."
Mit jugendlich-forschem Schritt eilten die beiden in froher Erwartung die lange Treppe am SAM-Park vorbei in den ersten Stock.
„Na, das hier ist für etliche Übergewichtige doch schon ein unüberwindbares Hindernis", feixte Finn fröhlich. „Warum haben die denn keinen Fahrstuhl?"
„Hast du etwas von den Flüchtlingen gesehen, die hier untergebracht sein sollen?" fragte Nasrin, als sie oben die Eingangstür zum vitaMAX erreicht hatten.
„Ne, es roch noch nicht einmal nach Negerschweiß", blödelte Finn – politisch völlig unkorrekt, aber immer noch in bester Stimmung. „Ich habe nur

die Info-Schilder, die auf die besondere Situation hinweisen und ein paar Bettgestelle gesehen."

Oben am vitaMAX-Tresen standen schon zwei blässliche, pickelige Mitschüler von der Hans-Brüggemann-Schule, mit denen Finn und Nasrin selbst in den Pausen kein Wort wechselten. „Na, mit diesen Zombies will ich aber nicht zusammen in die Sauna gehen", kicherte Nasrin ihrem Freund ins Ohr.

Die vier Schüler wurden von einer netten blonden Dame begrüßt:

"Hallo, ich heiße Martina Nissen und leite zusammen mit meinem Partner Peter Becker das vitaMAX. Ich würde euch gerne die Möglichkeiten zeigen, in dem vierwöchigen Schnupperkurs das vitaMAX möglichst gut kennenzulernen. Bevor wir ins Studio gehen, zieht euch bitte die Filzlatschen über eure Straßenschuhe."

Sie zeigte nach links: „Hier ist die Männerumkleide mit direktem Zugang zur Sauna. Zur Frauenumkleide kommen wir gleich."

Finn grinste erwartungsvoll: „Die ist bestimmt auch viel interessanter!"

Martina überhörte seinen Spruch dezent und forderte die vier Besucher mit einer forschen Armbewegung auf, ihr zu folgen.

„Hier links seht ihr die Milon-Zirkel-Anlage. Da habt ihr in 35 Minuten die Möglichkeit, alle wesentlichen Muskelpartien des Körpers sehr effektiv zu trainieren."

An den zwölf Geräten versuchten gerade sieben Leute aus dem gehobenen Mittelalter verzweifelt lächelnd, ihre welken Körper in Form zu bringen. Drei grüßten freundlich, zwei hörten gebannt, was ihre Kopfhörer an Geräuschen boten, und die restlichen zwei sahen mit starrem Blick verkrampft auf die Displays ihrer Geräte.

„Leute, nicht schlappmachen. Sonst wird das nichts mit der Super-Strandfigur bis zum nächsten Sommer!"

Freundlich lächelnd ging Martina weiter: „Hier kommen wir zu den einzelnen Body-Building-Geräten. Da könnt ihr richtig viel Eisen bewegen, um spezielle Muskeln aufzubauen." Nach rechts zeigend, erklärte Martina das Five-Rücken-Konzept:

„Diese Holzgeräte sind speziell für Leute mit Rückenproblemen. Für euch wahrscheinlich nicht so spannend." Auch hier waren einige Omas und Opas am Turnen.

Die vier Jugendlichen mussten grinsen: „Ne, Rücken haben wir noch nicht."

„Dort hinten links ist der Raum für das Spinning-Training, da fließt richtig Schweiß. Und rechts ist unsere Gymnastikhalle für die unterschiedlichsten Kurse. In den vier Schnupperwochen stehen euch selbstverständlich unsere Trainer gerne zur Verfügung."

„Was haben denn die anderen Teilnehmer von früheren Schnupperkursen hauptsächlich geübt?"

Nasrin hatte als einzige den Mut, den Mund aufzumachen.

„Die meisten haben den Milon-Zirkel gebucht und waren hinterher auch sehr zufrieden damit." Bei der netten Geschäftsführerin war eine gewisse Geschäftstüchtigkeit zu spüren. „Und sie sind auch bei uns geblieben."

Nasrin grinste zufrieden: „Vom Milon-Zirkel habe ich schon viel Gutes gehört. Ein dicker Nachbar von meinen Eltern, der früher mal Bürgermeister von Bordesholm war, soll dort etliche Pfunde verloren haben."

„Na, dann kann ich ja weiterhin beruhigt mein ‚Eisimmarzipanmantel' genießen", freute sich Finn.

Nur die beiden Weißnasen aus der Parallelklasse äußerten sich nicht und schauten weiterhin uninteressiert aus der Wäsche.

„Wenn ihr wollt, könnt ihr am nächsten Montag um 13:00 Uhr vorbeikommen. Dann weist euch Peter in die Geräte ein und erstellt eure Chip-Karten. Und ihr könnt dann sofort loslegen!"

„Gibt es denn auch jüngere Teilnehmer hier?" fragte Jasmin mit etwas besorgtem Blick.

„Aber klar doch. Vormittags sind natürlich viele Leute hier, die nicht mehr arbeiten müssen. Nachmittags und abends ist der Anteil der Jüngeren sehr viel größer als jetzt."

„Das ist prima. Das ganze Friedhofsgemüse kennen wir schon von unseren Lehrern."

Kapitel 26

„Zum Glück sind die beiden Spastis aus der 9 b heute wohl nicht dabei." Nasrin schaute sich aufmerksam auf dem Parkplatz des vitaMAX um. Weder von den beiden pickeligen Mitschülern noch von deren auffälligen Fahrrädern war etwas zu sehen.
„Dann lass uns mal hochgehen, Peter Becker wartet bestimmt schon auf uns."
Am Empfangstresen wurden Finn und Nasrin von einer vitaMAX-Mitarbeiterin sehr nett begrüßt:
„Hallo, ich bin Kristina, alle nennen mich hier aber Krissie. Hier habt ihr schon mal eure Schlüssel für die Umkleide. Und eure Checkkarten für den Milon-Zirkel haben wir auch schon, soweit es ging, vorbereitet. Moment mal bitte!"
Zwei ältere Herren, ein dickerer in dunkle Gewänder gekleidet und ein Graubärtiger mit Brille und vielen Lachfalten im Gesicht, kamen zum Tresen, um ihre Mitgliedskarten gegen die Spind-Schlüssel umzutauschen.
„Moin Jürgen, moin Henning. Kurzen oder langen Schrank?" begrüßte Krissie die beiden.
„Ist egal, die Klamotten passen überall rein." Zufrieden zogen die beiden Altsportler in die Herrenumkleide.
„So, denn zieht euch erstmal eure Sportklamotten an und dann wird euch Peter Becker in das Milon-System einweisen. Ach ja, und vorher müsst ihr

natürlich noch den Vertrag über den Schnupperkursus unterschreiben. Da ihr bestimmt ja noch nicht volljährig seid, brauche ich auch noch die Unterschrift eurer Eltern."
„Einen Vater hab' ich nicht. -Ja, natürlich habe ich einen, aber ich kenn ihn nicht."
Finn wirkte etwas verunsichert. „Reicht auch die Unterschrift von meiner Mutter?"
„Selbstverständlich, aber beim nächsten Mal bitte mitbringen."
Finn und Nasrin verabschiedeten sich mit einem feurigen Zungenkuss, als wenn ihnen eine wochenlange Trennung bevorstehen sollte.
Im Umkleideraum staunte Finn über die völlig falsche Reihenfolge der Spind-Nummern: ‚Soll hier neben den Muskeln auch das Gedächtnis aufgebaut werden? Oder war der Monteur, der die Schränke aufgebaut hat, besoffen? Oder einfach nur blöd?'
Aber nach kurzem Suchen hatte er den Schrank mit der 29 gefunden und zog sich um. Mit jugendlichem Entsetzen verfolgte Finn die Gesprächsfetzen der beiden älteren Herren, die Krissie vorhin mit Jürgen und Henning begrüßt hatte:
„...ne, der ist schon lange nicht mehr im vitaMAX. Der hat angeblich Kreislaufprobleme."
„Und was macht der Krebs von ...?" Den Namen verstand Finn nicht. Die beiden Oldies verschwanden zum Glück recht bald in ihren Sportklamotten in Richtung Empfangstresen. Als Finn gerade sein modisches Sportdress angezogen hatte und im gro-

ßen Wandspiegel rechts vom Ausgang sein Outfit inklusive der gepflegten Kurzhaarfrisur kontrollieren wollte, schoss ein junger Mann mit einer riesigen Adidas-Sporttasche herein. Hektisch schaute er sich um, machte aber keinerlei Anstalten, einen Spind zu öffnen. Finn wunderte sich über diesen scheu und verklemmt wirkenden Zeitgenossen und war gleichzeitig umso zufriedener mit seinem eigenen selbstsicheren Auftreten.

Dieses Selbstbewusstsein reduzierte sich aber innerhalb von wenigen Sekunden gen Null, als er Nasrin am Milon-Zirkel entdeckte: Sie himmelte devot lächelnd ihren Gesprächspartner an, einen großen, sportlich wirkenden Mann mittleren Alters mit modischer Glatzen-Frisur. So ein Typ Pep Guardiola für Landeier.

‚Ist das etwa Peter Becker? Na denn viel Spaß!' schoss es Finn durch den Teenie-Kopf.

„Na Sportsfreund, alles dabei? Mein Name ist Peter Becker. Ich möchte euch beide heute in den Milon-Zirkel einweisen", begrüßte ihn der Glatzkopf mit einem süffisanten Grinsen. „Gestattet mir einige Vorbemerkungen zum Milon-System. Der Widerstand wird hierbei elektronisch erzeugt und nicht wie bei anderen Kraftstudios über das Gewicht. Weil die einzelnen Geräte ihre Trainingsgewichte während der Übungen individuell an das vorhandene Potential anpassen, ist das Training äußerst effektiv. Wir haben sechs Kraftgeräte, bei denen die Übungen je eine Minute dauern und drei mal zwei

Ausdauergeräte mit Übungszeiten von vier Minuten. Bei zwei Durchgängen inklusive der Wechselpausen könnt ihr also innerhalb von 35 Minuten alle wesentlichen Muskeln des Körpers sehr erfolgreich trainieren.
Von Bauch und Rücken bis Schultern und Oberschenkeln."
„Und warum heißt das System Milon?" schmachtete Nasrin Peter Becker an.
„Milon war ein griechischer Ringkämpfer und aufgrund seiner Leistungen der Topathlet der Antike. Und damit unser Vorbild. So, jetzt wollen wir erstmal eure Chipkarten einstellen. Die habt ihr doch hoffentlich dabei?"
„Natürlich!" Nasrin hob ihre Karte stolz in die Höhe.
„Scheiße, ich habe sie im Spind vergessen." Finn war heute der Looser vom Dienst.
„Na, denn hole sie mal schnell. Ich fang dann schon mal mit dir, Nasrin, an." Peter lächelte freundlich.
Finn ging, nicht so freundlich lächelnd, am Tresen vorbei zur Umkleide. An der Tür stieß er mit dem Adidas-Sporttaschen-Typen von vorhin zusammen.
„Ich habe etwas im Auto vergessen." Mit hektischem Blick und deutlichen Schwitzflecken unter den T-Shirt-Ärmeln, aber ohne seine riesige Sporttasche, hastete der junge Mann die Treppe herunter in Richtung Parkplatz.
„Irgendwie ein ganz blöder Start hier", murmelte Finn in seinen nicht vorhandenen Bart. Er fummelte

die Milon-Karte aus seiner Jeans-Tasche und wollte zurück zu Nasrin und Peter Becker.

‚Vorher schau ich mal in die Sauna, vielleicht gibt es ja da etwas Schönes zu sehen.'

Neugierig öffnete Finn die Tür zur Sauna, aber leider war hier außer der üblichen Sauna-Ausstattung nichts zu bewundern. Keine nackten jungen Frauen, noch nicht einmal alte.

‚Aber warum steht denn dort die riesige Adidas-Tasche von dem unter der Dusche?'

Da Finn nicht nur ein pubertierender und manchmal sehr eifersüchtiger 15-jähriger Teenie, sondern auch ein wissbegieriger Sohn einer erfolgreichen und mitteilsamen Kriminalkommissarin war, inspizierte er die Tasche genauer: ‚Viel schwerer als eine normale Sporttasche. Und was tickt denn da in der Tasche? Und die Kabel?'

Ein Gedankenblitz schoss Finn durch den Kopf.

„Hey Krissie, ruf sofort die Polizei. In der Sauna ist eine Bombe! Schnell!"

Aufgeregt schreiend stürzte Finn durch die Männerumkleide zum Tresen.

Jürgen und Henning saßen dort und tranken gemütlich einen Milch-Shake. Beide sahen völlig entgeistert auf diese junge Furie.

Kapitel 27

Der Dicke in schwarzem Sportzeug lag auf der Beinpresse. Ausatmen und drücken, dann langsam einatmen und Kraft sammeln. 18, 19, 20 zählte er die Wiederholungen, dann klinkte er die Gewichte mit einem Seufzer ein und entspannte die Beine. Seit gut einem halben Jahr kam er zwei Mal in der Woche in das Fitnessstudio. Nicht gern, wie er lächelnd betonte, sondern weil es half. Vor allem seinem Knie. Da gab es Probleme, die akut geworden waren durch einen kleinen Unfall. Sein Hund, ein büffelstarker Boxer, hatte im falschen Moment kräftig an der Leine gezogen. Im Knie knackte es leise, und seitdem war ein stechender Schmerz da. Zum Operieren nicht schlimm genug, meinte die Orthopädin, er solle mal 30 Kilo abnehmen. Diese Empfehlung kannte er. Auch im Fitnessstudio, das er gerne Mucki-Bude nannte, lobten nicht alle seine schnaufenden sportlichen Aktivitäten als einen gewichtigen Schritt in die richtige Richtung. In der Umkleidekabine bekam er zu hören, leise hingezischt, er solle erst mal 30 Kilo abnehmen, dann könne er wiederkommen und der Sport mache Sinn. Als er sich umblickte sah er ein spindeldürres Gerüst, das sich krampfhaft zur Seite wendete. ‚Wieso kommen die alle immer auf 30 Kilo?' dachte der Dicke und grinste dann in sich hinein: ‚Wahrscheinlich fehlen dem meine 30 Kilo.' Ein wenig scheu und skeptisch war er ja auch ins vitaMAX gekommen. Die Orthopädin hatte ihm Hyaluronsäure ins Knie gespritzt und Krankengymnastik verordnet. Mit dem Rezept bewaffnet hatte er sich in Peter Beckers Praxis für Physiotherapie und medizinische Fitness getraut. Man behandelte ihn respektvoll und fürsorglich. Die Übungen taten ihm gut, stabilisierten das wackelige Knie. Nach einigen Terminen fragte er wie beiläufig, ob das Fitnesscenter nebenan nicht auch etwas für ihn sei, nachdem das Rezept abgearbeitet wäre. Sofort wurden Geräte des vitaMAX in die therapeutischen Übungen einbezogen. In Absprache mit den Physiotherapeutinnen erstellte ein Fitnesstrainer ein Trainingsprogramm für den Dicken. Und danach mühte der sich redlich. „Ich kann nicht mehr laufen wie vor dem Unfall. Und Fußball spielen werde ich wohl auch nicht mehr. Aber ich bescheide mich. Ich kann eine Stunde mit unserem Hund spazieren gehen und bin fast ohne Schmerz. Was will ich mehr?" lobte er, gefragt und ungefragt, das vitaMAX. Aus dem angebauten Raum mit den Ausdauergeräten trat schweißtriefend das genaue Gegenteil des Dicken an den auf der Beinpresse Ruhenden heran:

„Na, schon wieder Pause. Kommst wohl nur zum Trinken und Schlafen hierher", lästerte der drahtige Grauhaarige.

„Ja, im Liegen ist alles leichter zu ertragen", antwortete der Dicke.

Die beiden hatten sich während eines Schreibkurses kennen gelernt. Gemeinsam mit einem Dritten arbeiteten sie gerade an einem Regionalkrimi.

„Wie aktuell wir sind! Das Attentat in Nizza. Wohl ein Einzeltäter, höchstens eine kleine autonome Zelle ohne detaillierte Befehle von oben", sagte der Schlanke.

„Genau. Die neue Strategie des IS. Was kann man da machen? Und wer wäre schon auf einen LKW als Tatwaffe gekommen?"

Mit federnden Schritten kam die Chefin des vitaMAX heran:

„Na, redet ihr wieder über eure Hunde?" sprach sie ihre beiden Kunden, von denen sie wusste, dass diese Hundeliebhaber waren, an und begann gleich von Jonny, ihrer prächtigen Bordeaux-Dogge, zu erzählen. 70 Kilo brachte der Rüde auf die Waage. Weit mehr als sein Frauchen. Jetzt hatte Jonny sich mit einer Krähe im Garten angefreundet.

„Ich glaube, irgendwann reitet die Krähe auf seinen Schultern. Wie in den germanischen…"

Da unterbrach ein lauter Schrei das Gespräch.

Kapitel 28

Erika Friedberg hatte mehrmals versucht, den Rechtsanwalt Heller am Telefon zu erreichen. Auch ein Besuch bei ihm zu Hause hatte keine weiteren Erkenntnisse gebracht. Sie hatte sich sogar die Mühe gemacht und ist um den Bordesholmer See gegangen. Nichts, Heller war wie vom Erdboden verschwunden.

Erst ein Anruf bei seinen Eltern in Lübeck hatte zumindest ergeben, dass Heller eine Jagdhütte im Naturpark Hüttener Bergen hat.

Friedberg forderte einen Streifenwagen aus Schleswig an, mit dem sie sich auf dem Tankstellengelände ‚Hüttener Bergen' auf der BAB 7 traf.

Die Kollegen kannten sich in der Region aus, und so fuhren sie hintereinander durch die einzigartige Endmoränenlandschaft, geformt durch die Eiszeit, mit der für diese Region typischen Knicks und Redder.

Friedberg war angenehm gerührt von dem Anblick mit den vielen Seen, Wäldern, Mooren und Hügeln.

Zügig ging es zur angegebenem Adresse. Sie bogen von der geteerten Straße auf einen Sandweg ab, der in den Wald führte. Friedberg hatte das Gefühl, als ob ihr kleiner Mini jedes Schlagloch suchte und auch fand. „Eine Kukident-Teststrecke für Gebissträger" murmelte Friedberg und hielt ihr Lenkrad krampfartig fest.

Als sie auf eine kleine Lichtung kamen, fiel Friedberg das Saab Cabrio von Heller sofort auf.

„Aha, hier treibst du dich also rum", kombinierte Friedberg. „Du solltest dich doch bei uns abmelden, wenn du Bordesholm verlässt." Als Friedberg ausstieg, musste sie von dem Staub, der sie umgab, husten. Schnell schlug sie die Autotür zu. ‚Sieht verlassen aus. Das erste was ich mache, wenn ich ein Haus betrete, in dem ich lange nicht gewesen bin, ziehe ich die Gardinen zur Seite und öffne die Fenster. Aber hier steht nur Hellers Auto. Wo mag er nur stecken?'

Gleichzeitig kamen die Polizisten mit Friedberg am Haus an. Friedberg rüttelte an der verschlossenen Eingangstür. Eine Türklingel oder ähnliches war nicht zu entdecken. Friedberg klopfte heftig mit ihrer Faust an die Tür, wobei sie zusammenzuckte, als ein Schmerz ihre Faust durchstach. Nichts, kein Laut war zu hören.

Friedberg gab den beiden Polizisten die Anweisung, einmal um das Haus zu gehen, ob es etwas Auffälliges zu sehen gab. Friedberg selber blieb an der Haustür zurück, bis die beiden Polizisten achselzuckend wieder bei ihr ankamen. Nichts, auch auf der Hinterseite waren die Gardinen zugezogen.

„O.k." sagt Friedberg, „ihr schaut mal kurz weg, ich habe keinen Durchsuchungsbefehl und keine Lust, den ganzen langen Weg wieder ohne ein Ergebnis zurückzufahren."

Die beiden Polizisten schauten sich nur grinsend an. „Endlich mal was los", erwiderte der eine.
Die Tür hatte kein Sicherheitsschloss, und so konnte Friedberg mit einem Dietrich ohne Probleme die Tür öffnen. Nacheinander betraten sie einen großen Raum, der in rötlich gedämpftes Licht getaucht war. Die Sonne schien durch die rotkarierten Gardinen. Fliegen surrten umher, und es roch nach kaltem Qualm. Friedberg erstarrte. Der Rechtsanwalt saß hinter einem Tisch in einem großen Sessel. Seine Hände umklammerten ein großkalibriges Schrotgewehr, das mit dem Kolben auf dem Boden gestellt war, während der Lauf Richtung Zimmerdecke zeigte. Friedberg schaute in das Gesicht von Heller, das bizarr und maskenhaft wie eine Gipsfigur ins Leere schaute. Der Hinterkopf fehlte völlig. Die Schädeldecke war von der Schrotladung förmlich weggerissen und in viele kleinste Teile bis an die Decke verteilt.
Friedberg bemerkte, wie einer der Polizisten hinter ihr sich würgend wegdrehte. Der zweite Polizist starrte nur bewegungslos auf das grausige Bild.
Automatisch zog Friedberg ihre Handschuhe über und wies die Polizisten an, nichts zu berühren. Vorsichtig ging sie um den Sessel herum zum Tisch, darauf bedacht, nicht in die Überreste zu treten, die das Schrotgewehr verursacht hatte. Ängstlich schaute sie an die Decke, jederzeit damit rechnend, dass ihr etwas auf den Kopf fallen könnte. Sie musste immer wieder zu dem Toten schauen, als ob der

sich noch bewegen könnte und aufstehen würde. Er trug eine Cordhose und ein kariertes Hemd, über dem der Tote eine Weste anhatte. Offensichtlich hatte der Tote –als er noch lebte- seine Notdurft nicht erledigt, denn seine Hose zeigten Spuren von Nässe zwischen den Beinen. Friedberg nahm sich insgeheim vor, in Zukunft immer rechtzeitig aufs Klo zu gehen. Da der Hinterkopf weggeschossen war, sah es aus, als ob eine Maske in dem Hemdkragen steckte. Friedberg zog unwillkürlich die Schultern an und schlug ihren Kragen hoch. Mit spitzen Fingern zog sie einen handgeschriebenen Zettel hervor, der unter den Aschenbecher geklemmt war. Er war auf den heutigen Tag datiert und trug Hellers Unterschrift. ‚Wären wir doch früher gekommen, dann hätten wir das vielleicht noch verhindern können', dachte Friedberg. Leise murmelnd las Friedberg den Brief:

Ich sehe für mich keinen Ausweg. Es lohnt sich nicht mehr zu leben. Ich habe meine große Liebe verloren oder nie gehabt. Meine Bemühungen um Anna hat sie nicht erwidert. Je mehr ich mich bemüht habe, je schroffer reagierte sie. Schließlich hat sie sich sogar lustig über mich gemacht. Ich weiß nicht warum sie mir erzählte, dass sie den sogenannten Dr. Schiwago liebt und dann auch noch, dass sie beide heiraten wollen. Wollten die Beiden wirklich heiraten oder wollte sie mich mit der Aussage nur loswerden?

Ich habe den Schiwago immer mehr gehasst, und um die Aufmerksamkeit von Anna zu bekommen, sah ich nur die Möglichkeit, den Schiwago aus dem Weg zu räumen. Um die Tat zu verschleiern, habe ich ihm das Schild um den Hals gehängt, in der Hoffnung die Kripo findet keine Verbindung zu mir.
Aber Anna hatte wohl über mein Werben zu ihr mit Ursula Müller gesprochen. Anders konnte ich mir nicht erklären, warum Frau Müller versuchte, mich mit der Forderung einer hohen Geldsumme zu erpressen.
Voller Panik habe ich keinen anderen Ausweg gefunden und auch Ursula Müller mit meinem, als Jäger erlernten Halsschnitt, umgebracht.
Erst später wurde mir klar, dass alles herauskommen wird, wenn die Polizei meine Anna ins Verhör nimmt. Ich sehe keinen anderen Ausweg, als meinem sinnlosen Leben ein Ende zu bereiten.

‚Keine Reue, keine Entschuldigung und wie reagieren seine Eltern in Lübeck'? dachte Friedberg. Und zu den beiden Polizisten gewandt, in der Hoffnung es reagiert der Richtige fragte sie: „Kann jemand von Euch die Spusi und die Rechtsmedizin anfordern?" Erleichtert sah sie, dass der Würgende sich meldete und hinauseilte um vom Polizeiauto zu telefonieren. Auch sie nahm ihr Handy, um Bielfeld zu informieren.

Kapitel 29

Rollo war besorgt. Das Essen für die Flüchtlinge war immer noch nicht geliefert worden. Er telefonierte, um den Grund der Verzögerung zu erfahren. Wie immer musste bei Ihm alles perfekt organisiert sein, Fehler und Unpünktlichkeit mochte er nicht.

Wer einen rundum perfekten Service und freundliche Aufmerksamkeit möchte, der besucht das...

Moorweg 70 24582 Bordesholm

Rollo konnte sich nicht konzentrieren, weil jemand oben rumschrie.

‚Wenn hier jemand schreit, dann bin ich das und sonst keiner', dachte Rollo.

In diesem Augenblick wurde im Obergeschoss die Tür zum vitaMAX aufgerissen und ein junger Mann kam brüllend die Treppe herunter. Im Schlepptau hatte er ein hübsches Mädchen mit langen, schwarzen Haaren und einem fragenden Blick.

„Eine Bombe, Hilfe, eine Bombe!" Der junge Mann war ganz außer sich.

Rollo schaute den beiden hinterher, als sie an ihm vorbei zum Ausgang liefen.

‚Sind wir hier bei ‚VERSTEHEN SIE SPASS' oder was?'

Krissie, die heute Dienst am vitaMAX-Tresen hatte, ein in dunkle Gewänder gekleideter und ein Graubärtiger mit Brille und vielen Lachfalten im Gesicht, die im Augenblick nicht zum Tragen kamen, verrannten sich in der Tür. Hinter ihnen drängelten Peter Becker und noch einige Leute, welche heute zum Training gekommen waren.

Krissie schaffte es als erste sich zu befreien und kam jetzt die Treppe herunter. Sie stoppte kurz, starrte Rollo mit großen Augen an, und kreischte:

„Eine Bombe, eine Bombe in der Sauna!" und rannte weiter nach draußen.

Hinter Rollo machte sich Unruhe breit. Die Flüchtlinge, die sich zum Essenfassen aufgestellt hatten, sahen sich fragend um. Nur wenige sprachen deutsch und es dauerte, bis sich die Warnung wie ein Lauffeuer verbreitete. Dann machte sich Panik breit. Schreie ertönten, Gläser klirrten, Menschen stürzten, wurden überrannt. Die Leute drängten und stürmten an Rollo vorbei nach draußen.

‚Spinnen die alle hier?' fragte sich Rollo und eilte, immer zwei Treppenstufen auf einmal nehmend, nach oben. Vorsichtig öffnete er die Tür zur Herrenumkleide und begab sich in die Sauna. Dort sah er eine große Sporttasche in der Mitte auf dem Boden stehen. Auf Zehenspitzen ging er zur Tasche, als dürfte es keiner hören. Mit dem Zeigefinger zog er, bis aufs Äußerste gespannt, die Tasche auseinander. Ein kalter Schauer jagte über seinen Rücken und seine Haare stellten sich auf, als er mehrere Dynamitstangen sah, die mit Kreppband umwickelt waren. Von den Stangen führten mehrere farbige Kabel in eine Ecke der Tasche. Vorsichtig ging Rollo rückwärts durch die Tür, um sie von außen zu schließen. Bevor er die Tür zur Treppe öffnete, rief er lauthals:

„Achtung, alle raus, wir haben hier eine Bombe!" Aber es rührte sich keiner. Offensichtlich war er der Letzte. Zügig lief er die Treppe herunter zu den Anderen, die auf dem Parkplatz auf ihn warteten.

„Hat jemand die Polizei informiert? Und räumt den Parkplatz, Krissie, lauf schnell rüber zum Restaurant, die sollen da auch alle raus."

‚Und vor allem darauf achten, dass sie vorher bezahlt haben' dachte Rollo.

Einen Augenblick später kamen die Leute verstört aus dem Restaurant. Langsam leerte sich auch der Parkplatz.

Es schien eine Ewigkeit zu vergehen, bis endlich ein Polizeiauto ankam und zwei Polizisten ausstiegen.

„Wachtmeister Schmidt, wer hat hier das Sagen?" stellte sich der Polizist vor.

Rollo outete sich.

„Wir haben schon das Sprengkommando informiert. Wir brauchen jemanden, der sich mit den Örtlichkeiten auskennt", fuhr der Polizist fort.

Rollo meldete sich abermals.

„Und wer hat die Bombe entdeckt?"

Finn hob seine Hand.

„Wir brauchen deine Aussage und deine Daten", wandte Wachtmeister Schmidt sich an Finn.

„Das mach ich." Friedberg war gerade angekommen und schlug die Fahrertür zu.

„Wenn sie meinen", wunderte sich Schmidt. Und fast entschuldigend gab Friedberg zu. „Das ist mein Sohn Finn, Herr Wachtmeister Schmidt. Bitte sorgen sie dafür, dass sich im Umkreis von zweihundert Metern kein Mensch aufhält. Und außerdem muss die Straße gesperrt werden."

Lauthals protestierend entfernten sich die Leute. Der Dicke und die Lachfalte am Lautesten. Friedberg nahm sich jetzt ihren Sohn vor. Finn konnte eine gute Personenbeschreibung geben und erklärte, dass ihm dieser hektisch nervös schwitzende junge Mann mit der riesigen Sporttasche gleich in der Umkleidekabine aufgefallen war. Vermutlich war er mit dem Auto da oder er wurde von jemand gefahren, der im Auto auf ihn wartete. Krissie konnte das alles bestätigen.

Friedberg rief Bielfeld an, um ihn zu informieren.

„Aller Voraussicht nach hat hier die Gruppe ‚Raffael Johannsen' zugeschlagen. Der Bombenleger ist nach der Personenbeschreibung als Mario aus der Raffael-Gruppe ausgemacht. Das Motiv war wohl, möglichst viele Menschen zu treffen. Der Kampfmittelräumdienst ist informiert und müsste jeden Augenblick hier eintreffen. Ja, eine Fahndung wird ausgerufen, den Lütten finden wir schnell. Bis später."

In diesem Augenblick bog ein Kleinlaster auf den Parkplatz des vitaMAX ein.

‚Das müssen die vom Kampfmittelräumdienst sein, jemand anderen hätte die Polizei auf der Straße auch nicht durchgelassen', dachte Friedberg.

Die hintere Ladetür ging auf und vier Männer sprangen heraus. Gemeinsam zogen sie zwei Rampen aus dem Fahrzeug. Der Mann auf der Beifahrerseite stieg aus und ging auf Wachtmeister Schmidt zu, der mit seinem Zeigefinger auf Friedberg wies. Nachdem er kurz mit Friedberg gesprochen hatte winkte er Rollo zu sich.

„Sie kennen sich mit den Gegebenheiten hier aus, sie müssen mir gleich helfen." Rollo verschränkte seine Arme und schaute interessiert auf den Monitor, den der Mann am Gurt über seiner Schulter aufklappte.

„Ich bin Sprengmeister Meier, vom Kampfmittelräumdienst, und das ist die Fernlenkeinheit, mit der ich unseren Teodor steuere."

Auf den fragenden Blick von Rollo fuhr der Mann fort.

„Teodor bedeutet so viel wie Kampfmittel-Beseitigungs- und Beobachtungsroboter. Teodor ist ein sogenannter Fernlenkmanipulator. Er bewegt sich auf Ketten und hat einen Greifarm, der dem Arm eines Menschen nachempfunden ist." Als Beweis steckte Meier einen Schlüssel in die Fernlenkeinheit und drehte ihn um. Auf der Ladefläche zuckte der Roboter und ging in seine Grundeinstellung. Wie durch Zauberhand bewegte sich die Maschine ungelenk die Laderampe herunter.

„Der Roboter hat zwei unabhängig betriebene Achsen mit jeweils drei Rädern auf jeder Seite, die mit einer Gummikette wie bei einem Panzer verbunden sind", fuhr Meier nicht ohne Stolz fort.

Teodor fuhr auf den Haupteingang des vitaMAX zu und erklomm ohne Schwierigkeit die zwei Stufen. Die Tür ging automatisch auf.

„Toll", entfuhr es Rollo. Meier guckte skeptisch. ‚Meinte er den Roboter oder seine Tür?' Friedberg kam jetzt auf die beiden zu.

„Warum schickt ihr nicht einen Mann mit dem Bombenanzug hinauf?"

Ohne sich von seinem Monitor abzuwenden antwortete Meier.

„Mit einem fünfzig Kilogramm schweren Anzug die Treppen hoch, das ist schon eine Herausforderung. Und wenn die Bombe hochgeht, und einer im Raum ist, dann wird er gegen die Wand oder aus dem Fenster geschleudert. Er könnte lebensgefährlich verletzt werden."

Ohne den Blick vom Monitor zu wenden erklärte er weiter.

„Teodor hat ein Wassergewehr. Damit schießt er etwa 400 Milliliter Wasser mit dem kaum vorstellbaren Druck von 1500 bar auf die Tasche. Der Druck beschleunigt das Wasser so stark, dass es die Tasche und ihren Inhalt in Sekundenbruchteilen zerreißt – so schnell, dass Mechanik und Elektrik des Zünders zerstört werden, bevor die Bombe hochgehen kann."

Inzwischen erreichte Teodor die zweite Tür, die sich nur nach draußen öffnen ließ. Mit seinem Greifarm packte er den Griff, fuhr rückwärts, machte eine Drehung in der geöffneten Tür und fuhr in den Raum.

‚Nicht schlecht', staunte Friedberg.

Jetzt erklomm der Roboter die Treppen. Stufe für Stufe, mit der vorderen Kette die Stufe hoch, während die hintere Kette schob. Mit der oberen Tür hatte Meier seine Schwierigkeit. Es war keine ausreichende Fläche vor der Tür und so musste er auf den Stufen wenden. Das gelang erst nach einigen Versuchen.

„Sie müssen jetzt vor dem Tresen rechts, um durch die Herrenumkleide zur Sauna zu kommen", informierte Rollo. Mit dieser Tür hatte Meier keine Probleme, und so stand der gute Teodor kurze Zeit später vor der Tasche.

„Hmm!" meinte Meier, „die Tasche ist sehr groß, weiß jemand wo der Zünder liegt?"

„Ja, ich", erwiderte Rollo, „auf der hinteren Seite. Warum?"

„Wenn ich den Zünder treffe, ist alles gut. Dann bin ich auf der sicheren Seite."

„Und wenn nicht?" Rollo dachte an seine Gebäudeversicherung.

„Dann haben wir die Arschkarte", grinste Meier. Er schien sich seiner Sache sehr sicher und drückte auf den roten Auslöser.

Man hörte ein leises Pfeifen und ein Poltern, sonst nichts. Nachdem das Wasser des Roboters von der Linse der Kamera gelaufen war, konnte man die zerrissene Tasche auf dem Monitor erkennen. Jemand fing an zu klatschen, und immer mehr machten mit.

„Solch ein riesiger Aufwand, und so ein lahmes Ende", Rolle wusste nicht, ob er sich freuen oder enttäuscht sein sollte.

Meier gab das Kommando zu Abbauen, und so schnell, wie sie gekommen sind, waren sie wieder verschwunden.

Friedberg gab der Spusi ‚freie Bahn' und wandte sich zu Finn und Nasrin.

„Ich finde, das müssen wir heute Abend feiern, was meint ihr. Habt ihr Lust?"

Sie hatten.

*

„Ich bin auf dem Weg zu euch, bin gerade von Kiel losgefahren und gleich in Bordesholm." Bielfeld war nicht ganz bei seinem Telefonat.

‚Ich denk hier ist Überholverbot, wieso überholt mich hier einer. Wenn jetzt jemand aus der Seitenstraße kommt, dann knallt's.'

„Schuldigung, ich war abgelenkt. Hat sich die Personenüberwachung gelohnt?" fuhr er fort.

„Wissen wir noch nicht", kam die Antwort aus dem Lautsprecher, „er ist mit dem Fahrrad aus der Fußgängerzone zum vitaMAX gefahren. Mein Kollege ist schnell ins MEGA-Bike, hat sich auch ein Fahrrad geholt und ist ihm damit gefolgt. Er ist mit der Sporttasche ins vitaMAX und ohne wieder rausgekommen, fährt jetzt am Mühlenteich vorbei zur Schmalsteder Mühle Richtung Kieler Straße. Wenn sie nicht so schnell fahren, treffen sie ihn dort. Sollen wir zugreifen?"

„Moment", unterbrach Bielfeld ihn, „ich bekomme einen Anruf von Friedberg. Bin gleich wieder da."

„Hallo Friedberg, was gibt es Neues?"

„Der Mario war hier im vitaMax und hat eine Sporttasche mit einer Bombe in der Sauna deponiert. Der Kampfmittelräumdienst müsste jeden Augenblick hier eintreffen. Wir wissen nicht, ob Mario mit einem Auto unterwegs ist."

„O.K. ich melde mich später, bin auf dem Weg, hab's eilig."

Bielfeld schaltete sein Gerät wieder zurück zum ersten Teilnehmer.

„Auf keinen Fall Zugriff, weiter unauffällig verfolgen, ich bleibe auf der Kieler Straße und warte auf den Verdächtigen."

Und tatsächlich, es dauerte nicht lange und der Gesuchte bog mit seinem Fahrrad auf die Kieler Straße ein in Richtung Neumünster. Aber zu Bielefelds Überraschung hielt Mario an und schob sein Rad auf den Lidl Parkplatz. Jetzt sah Bielfeld auch seine Leute. Zwei im Audi-Kombi und den Radfahrer.

Bielfeld hielt seinen Atem an. Mario ging auf einen alten Opel zu, und Bielfeld erkannte den Fahrer. Es war der flüchtige Raffael.

Hastig rief er in sein Mikrofon: „Zugriff, Zugriff, beide Männer festnehmen!"

Während der Audi mit quietschenden Reifen auf den Parkplatz raste und der Radfahrer sein Rad in das Gras auf den Seitenstreifen schmiss, sperrte Bielfeld mit seinem Auto die Zufahrt zum Parkplatz.

Wütende Autofahrer hupten, weil Bielfelds Auto sie beim Einkaufen behinderte.

Mario stieg von seinem Fahrrad und ging freudestrahlend auf Raffael zu, als er das Entsetzen in Raffaels Gesicht erblickte.

„Komm ins Auto", schrie Raffael und startete den Motor.

Bielfeld sah von der Einfahrt aus, dass Raffael sie erkannt hatte. Da er sein Auto quer vor der Einfahrt parkte, konnte er nicht sofort die Verfolgung aufnehmen. Aus den Augenwinkeln sah er, wie seine Kollegen von einem losfahrenden Einkäufer ausgebremst wurden. Der Radfahrer war noch weit vom Geschehen entfernt.

Raffael hatte rückwärts eingeparkt und konnte so zügig in die kleine Straße hinter dem Parkplatz einbiegen, vor der das Schild mit dem Hinweis stand, dass hier eine Sackgasse beginnt.

„Na, der kommt nicht weit", dachte Bielfeld, als er das Schild sah. Die Straße wurde schmaler und machte eine Linkskurve, die in einem Wendehammer endete, in dem Bielfeld einmal im Kreis fuhr, ohne die Flüchtigen zu entdecken. Erst jetzt sah er den Fußweg mit einem Schild davor, auf dem stand, dass Hunde an der Leine zu führen sind. Der Fußweg war mit einem Holzpfosten gesichert, der nicht ganz in der Mitte des Weges stand. Langsam dämmerte Bielfeld, warum Raffael ein so kleines Auto gewählt hatte. Hatte Raffael tatsächlich den Fluchtweg geplant? Langsam fuhr Bielfeld zwischen Pfosten und Zaun in den Weg, um sein Auto nicht zu beschädigen. Endlich war er an der Ab-

sperrung zum Naturerlebnisraum Stintgraben vorbei und gab auf dem Sandweg Gas, bis die Räder durchdrehten. Im Rückspiegel sah er seine Kollegen hinter sich, wie sie ihm drohten. Der Weg machte eine leichte Linkskurve, hinter der der Weg vor einem abschließbaren Metallpfosten endete. Bielfeld quälte sich rechts von Pfosten und Zaun hindurch und landete wieder auf einem Wendehammer. Bielfeld kannte den Naturerlebnisraum nicht und musste sich kurz orientieren. Ihm fiel das hohe, nicht gemähte Gras auf. Dort am Hang standen Nisthilfen für Insekten. Er musste in einem waghalsigen Manöver die für Fußgänger ausgelegte Holzbrücke über den Stintgraben überqueren, bis er durch mehrere Kurven an die Kieler Straße kam.
Von Raffael war nichts mehr zu sehen.
Bielfeld schlug vor Wut mit der Faust gegen sein Lenkrad, während der Audi neben ihm anhielt. Der Beifahrer sah ihn fragend an, doch Bielfeld zuckte nur mit seinen Schultern.

Kapitel 30

„Du Horst, da hinten im Innenhof stimmt etwas nicht!" Die 80-jährige Frau Thurmann schaute angestrengt aus dem Küchenfenster.
„Da sind zwei Männer zugange, die dort bestimmt nichts zu suchen haben!"
„Ach Else, spielst du wieder Miss Marple?"
Horst sah genervt von seinem Hamburger Abendblatt hoch.
„Nur, weil der Innenminister, na wie heißt er noch, uns alle zu Wachpolizisten befördern will, musst du doch nicht überall Gespenster und Ganoven sehen."
„Ach Horst, schau mal selbst. Was haben die beiden Kerle am Gartenschuppen von Ehepaar Curmann zu suchen? Auch wenn die schon vor einer ganzen Weile weggezogen sind, da stehen doch noch ihre Gartenmöbel drin. Außerdem sieh dir mal den einen Knaben an. Das ist bestimmt ein Araber! Da muss man besonders aufpassen!"
Frau Thurmann bewegte ihren dicken Podex zur Seite, damit ihr Horst Platz am Küchenfenster nehmen konnte. Angestrengt sah der 85-jährige über die dicken Gläser seiner Lesebrille.
„Also, ich kann nichts sehen."
„Ach, du Dösbaddel. Jetzt sind die beiden schon im Schuppen drin."
„Da ist doch nichts zu holen. Kümmere dich lieber ums Mittagessen! 12 Uhr ist schon durch und auf

dem Herd steht immer noch nichts. Du weißt doch, dass ich wegen meiner Diabetes immer pünktlich essen soll!"

„So, jetzt nerv nicht rum und hol mir mal das Telefon. Ich rufe die Polizei an." Else Thurmann hatte Wichtigeres zu erledigen, als die regelmäßige Ernährung ihres nörgelnden Ehemannes sicher zu stellen. Endlich konnte sie mal zeigen, was sie als begeisterte Krimitante durch jahrzehntelanges Tatortsehen gelernt hatte.

„Ja, spreche ich mit der Polizei? Hier ist Frau Thurmann. Vom Rathenaupark 2. Bei uns im Hinterhof treiben sich zwei merkwürdige Gestalten rum. Einer davon sieht aus wie ein Ausländer! Beide haben gerade einen Gartenschuppen aufgebrochen. Können sie mal schnell einen Peterwagen vorbeischicken?... Nein, nicht in die Rathenaustraße! Rathenaupark in Ottensen! Nr. 2!... Ja, sie können direkt vor dem Haus parken. Mein Mann steht an der Haustür. Bis gleich!...

Horst, gehe nach vorn und pass die Polizisten ab! Ich beobachte den Hinterhof."

Horst Thurmann schlurfte gelangweilt ins Treppenhaus, um vor der Haustür auf die Polizei zu warten.

Seine herzallerliebste Ehefrau machte es sich am Küchenfenster bequem. Sie legte ihre fleischigen Arme auf ein abgewetztes, dick gepolstertes Kissen, das für solche Fälle auf dem Fensterbrett lag. Mit zusammen gekniffenen Augen spähte sie konzentriert in den Innenhof, in dem sich die Gärten der Bewohner aus dem Rathenaupark, der Griegstraße und des Kirchenweges befanden.

Da die meisten Nachbarn berufstätig waren, herrschte hier zur Mittagszeit der übliche Totentanz. Zumal jetzt im Winter keine Gartenarbeit möglich und nötig war.

Die Tür zum Schuppen blieb verschlossen, und die beiden jungen Männer waren weiterhin nicht zu sehen.

Horst stand frierend vor dem Haus und sehnte sich nach einem warmen Mittagessen und dem anschließenden obligaten Nickerchen auf dem Sofa, als ein alter Polizei-VW-Bus auf dem Gehweg anhielt. Zwei Polizeibeamte stiegen aus. Der Fahrer ging gemütlich auf Horst Thurmann zu, der andere machte sich an der Schiebtür des Transporters zu schaffen und holte einen prächtigen Schäferhund aus dem Fahrzeug. Allein der kraftvolle, muskulöse Körperbau und der mächtige Kopf mit dem beeindruckenden Kiefer waren angsteinflößend. Nicht vom Polizisten, sondern vom Hund.

Thurmann, der eher ein Katzenfreund war, bemerkte mit großer Genugtuung, dass der Polizeihund an kurzer Leine geführt wurde.

„Tag, mein Name ist Inspektor Derrick. Wie der aus dem ZDF. Haben sie bei uns angerufen?" stellte sich der Fahrer vor.

„Nein, aber meine Ehefrau. Kommen sie bitte mit in den Hinterhof." Horst Thurmann hatte trotz oder wegen seines Alters und seines untadeligen Lebenslaufes immer noch großen Respekt vor Uniformträgern.

„Unseren Kommissar Rex haben wir gleich mitgebracht. Mein Name ist Polizeiobermeister Puls. Wir waren gerade auf dem Hundesportplatz. Dann zeigen sie uns doch mal, wo die beiden Ganoven sind."

Horst Thurmann ging immer noch mit schwerfälligem Schritt über die wenigen Stufen des Treppenhauses und rief mit aufgeregter Stimme durch die angelehnte Wohnungstür:

„Else, die Polizei ist da!"

Else kam – so schnell es ihre dicken Beine erlaubten – mit roten Eifer-Bäckchen aus der Wohnung und bat die Polizisten, ihr zu folgen.

Als sie die Tür zum Hinterhof geöffnet hatte, wies sie mit ausgestrecktem Arm in Richtung der Curmannschen Gartenlaube:

„Dort, in der grünen Hütte, da sind die beiden Verbrecher noch drin!"

Polizeiobermeister Puls und sein Schäferhund gingen mit forschem Schritt zum Schuppen.

Kurz bevor die beiden ihr Ziel erreicht hatten, öffnete sich die Schuppentür und zwei junge Männer liefen mit großen Schritten davon.

Inspektor Derrick hatte aufgrund seines Alters und seiner mangelnden Kondition keine Chance, den beiden zu folgen. Aber der jüngere und fittere Puls leinte sofort seinen Hund ab, rief „Zugriff" und lief schnell mit Rex durch das Gartengelände hinter den beiden Männern her.

Rex hatte den Älteren der beiden innerhalb von wenigen Sekunden erreicht, sprang ihn mit einem mächtigen Satz von hinten an und riss ihn zu Boden. Der Mann mit dem arabischen Aussehen und der typisch orientalischen Angst vor Hunden schrie um sein Leben. Es war ein leichtes für Puls, ihm die Hamburger Acht anzulegen und ihn mittels der Handschellen am nächsten stabilen Gartentor zu fixieren. Auch Derrick war mittlerweile angekommen, die heftig atmende Frau Thurmann im Gefolge.

„Der Andere versucht bestimmt, durch die Garageneinfahrt zur Griegstraße zu entkommen."

Kaum zu Luft gekommen, übernahm Frau Thurmann wieder das Kommando.

„Hier längs, meine Herren!"

Die Drei wollten gerade losstürmen – jeder im Rahmen seiner Möglichkeiten – als ein heftiger Schrei das Gartengelände durchdrang:

„Die Bestie hat mich gebissen! Die bringt mich um! Hilfe!"

Beim Anblick des zitternden und wimmernden Jünglings, der sich deutlich erkennbar in die Hosen gemacht hatte, musste Polizeiobermeister Puls doch schmunzeln. Kommissar Rex war seinem Image als erfolgreicher Verbrecherjäger wieder mal gerecht geworden. Er hielt den rechten Unterschenkel des Mannes in seinem kräftigen Maul fest, allerdings ohne wirklich zu zubeißen.

Derrick forderte per Funk Verstärkung von der Wache an, die Kollegen von der Spusi sollten den Schuppen genauer untersuchen.

Als Derrick und Puls später auf der Polizeiwache die Personalien der beiden Männer aufgenommen und in den Computer eingegeben hatten, stellten sie mit Stolz ihren guten Fang fest:

Mit Raffael und Mario hatten sie zwei Terrorverdächtige gefasst, die schon länger steckbrieflich gesucht wurden.

„Rex, prima gemacht! Bei der guten Arbeit hast du dir heute Abend eine Extra-Wurst verdient! Auf deine tolle Spürnase!" Puls streichelte seinem Hundekollegen stolz durch das dichte Fell.

*

Die beiden Spusi-Kollegen, die bis dahin von dem Terror-Verdacht nichts wussten, gingen von einem normalen Einbruchdiebstahl im Rahmen der für Hamburg leider so üblichen Beschaffungskriminalität aus. Umso größer war ihre Überraschung, als sie den Curmannschen Gartenschuppen öffneten:

„Klaus, ruf mal die Kollegen von der Terrorfahndung und der Kampfmittelbeseitigung an. Hier liegen Waffen und Sprengstoff hinter den Garten-

möbeln. Die sind wohl nicht gegen die Maulwürfe hier im Gartengelände vorgesehen."
Auch Kommissar Keller hatte ein gutes Näschen.
Ob er dafür auch eine Extra-Wurst bekommen sollte, bleibt unbekannt.

Epilog:

Der Mörder von Udo Klotz wird anhand von Videos identifiziert und inmitten einer Gruppe IS-Kämpfer von einer Drohne, die aus Israel gelenkt wird, eliminiert.

„Das Buch ist hiermit zu Ende und damit auch die
Kopfarbeit des Lesers
Zur körperlichen Ertüchtigung geht es jetzt ins
vitaMAX,
die maximale
Fitness-Welt im Moorweg 70!
In Bordesholm."

Henning Thomsen, geb. 1955 in Kiel, hat nach seinem Großen Juristischen Staatsexamen 27 Jahre für die Allianz Versicherung als Führungskraft im Außendienst gearbeitet.
Als Vorruheständler ist er ehrenamtlich beim DRK-Landesverband Schleswig-Holstein und als Gemeindevertreter in Groß Buchwald tätig, wo er seit 21 Jahren lebt.

Jürgen Baasch, geb. 1945, war bis 2004 Bürgermeister in Bordesholm. Neben seinen zahlreichen ehrenamtlichen Tätigkeiten leitet er seitdem Seminare in Plattdeutsch und Kurse zur Biografie Erstellung.

Elmer Schmidt, geb. 1948 in Hamburg, lebte dort bis zu seinem 18. Lebensjahr. Er fuhr dann fünf Jahre weltweit zur See. Absolvierte acht Jahre in Boostedt die Bundeswehr, und arbeitete anschließend in Kiel als staatlich geprüfter Medizintechniker. Heute lebt er zufrieden auf dem Lande bei Kiel und frönt seine zahlreichen Hobbys.

In der Reihe Bordesholmer Edition erschienen:
Stand: September 2016

Bd. 1: Das Grab auf der Insel
Der erste Bordesholmkrimi
von Jürgen Baasch, Lydia Glaubke, Charlotte Günther,
Ines Reich und Hartmut Wiedling
ISBN 978-3-8448-0006-7   172 Seiten   Preis 9,90€

Bd. 2: De Borsholmer Jedemann
Hugo v. Hofmannsthal sien Stück,
in`t Plattdüütsche sett vun Jürgen Baasch
ISBN 978-3848-21806-6   128 Seiten   Preis 8,90€

Bd. 3: Das Licht
und andere Erzählungen
von Jürgen Baasch, Kirsten Frahm,
Viktor Vogt und Hartmut Wiedling
ISBN 978-3848-22711-2   136 Seiten   Preis 8,90€

Bd. 4: Krimidinner
Kriminalroman
von Hartmut Wiedling
ISBN 978-3848-21971-1   260 Seiten   Preis 14,90€

Bd. 5: Schmalsteder Beifang
Der zweite Bordesholmkrimi
von Jürgen Baasch, Silvia Biener, Charlotte Günther,
Diana Kühl und Hartmut Wiedling
ISBN 978-3-8482-2419-7   164 Seiten   Preis 9,90€

Bd. 6: Murmelspiel und Schabernack
Alltagsgeschichten aus unserer Nachkriegskinderzeit
Biografische Reihe, Hrsg. Jürgen Baasch
ISBN 978-3848241415   168 Seiten   Preis 10,90€

Bd. 7: Biografische Splitter
Biografische Reihe, Hrsg. Elmer Schmidt und Jürgen Baasch
Erzählungen
ISBN 978-3-7322-3098-3   138 Seiten   Preis 9,90€

Bd. 8: Doppelbilder - Vier Paare, acht Geschichten und ein Gastspiel
9 Erzählungen
von Hartmut Wiedling
ISBN 978-3842-34211-8   136 Seiten   Preis 8,90€

Bd. 9: Ein Haus wird Hundert
Geschichten zur Geschichte
von Franz Rohwer
ISBN 978-3732-25457-6   88 Seiten   Preis 8,50€

Bd. 10: Lotosblüte
Der dritte Bordesholmkrimi
von Jürgen Baasch, Kirsten Frahm, Charlotte Günther,
und Hartmut Wiedling
ISBN 978-3732-28658-4   176 Seiten   Preis 9,90€

Bd. 11: Rezepte für die faule Hausfrau
Kleines Kochbüchlein ohne Anspruch auf Michelinsterne
von Durannimo von der Wied
ISBN 978-3732-28628-7   52 Seiten   Preis 4,50€

Bd. 12: Letztes Jahr
Satirischer Endzeitroman
von Hartmut Wiedling
ISBN 978-3-7322-8940-0   156 Seiten   Preis 9,90€

Bd. 13: Krimiwanderungen
Auf den Spuren der Bordesholmkrimis
von Jürgen Baasch, Kirsten Frahm, Charlotte Günther,
und Hartmut Wiedling
ISBN 978-3-7357-5979-5   52 Seiten   Preis 4,90€

Bd. 14: Wenn Papa lange wegfährt
Ein Bilderbuch für Kinder
Von Kristina Dohrn
ISBN 978-3-7357-2308-6   24 Seiten   Preis 13,90€

Bd. 15: Odile
Erzählung
von Hartmut Wiedling
ISBN 978-3-7357-1940-9   84 Seiten   Preis 7,90€

Bd. 16: Klosterbrut
Gesellschaftspolitischer Zukunftsroman
von Hartmut Wiedling
ISBN 978-3-8370-8979-0 208 Seiten Preis 10,90€

Bd. 17: Die Seminaristin
Der vierte Bordesholmkrimi
von Jürgen Baasch, Kirsten Frahm, Charlotte Günther,
und Hartmut Wiedling
ISBN 978-3-7357-7074-5 184 Seiten Preis 9,90€

Bd. 18: Lichtungen
Gedichte und Kurzgeschichten
Von Martin Schmusch
ISBN 978-3-7347-5811-9 92 Seiten Preis 7,90€

Bd. 19: Nordlicht
Heimatgeschichten
Biografische Reihe
Herausgegeben von Jürgen Baasch
ISBN 978-3-7357-7572-6 180 Seiten Preis 9.90€

Bd. 20: Vier Männer
Tragikomisches Bühnenstück
von Hartmut Wiedling
ISBN 978-3-7392-2747-4 78 Seiten Preis 5,90€

Bd. 21: Von Mensch & Tier, Musikern und Gottesdienern
77 Limericks von Michael Struck
77 Bildericks von Dieter Stolte
ISBN 978-3-7375-1943-4 78 Seiten Preis 9,90€

Bd. 22: Spiegelbilder
Heiner Volkers, Hrsg.
Stegner in Schleswig Holstein
ISBN 978-3-00-050146-3 303 Seiten Preis 14,90€

Bd. 23: Halleluja Sakra
Das Muthenberger Missgeschick mit den Gebeinen
Eine historische Mühbrooker Heimatgeschichte
von Detlef Tanneberger
ISBN 978-3-7357-5643-5 236 Seiten Preis 11,95€

Bd. 24: Giftwasser
Der fünfte Bordesholmkrimi
von Jürgen Baasch, Elmer Schmidt und Henning Thomsen
ISBN 978-3-7392-0249   208 Seiten   Preis 9,90€

Bd. 25: Menschen und Märkte
Texte von 10 Autoren aus Bordesholm und Umgebung
Herausgegeben von Jürgen Baasch
ISBN 978-3-7393-4090   280 Seiten   Preis 10,99€

Bd. 26: Die Limerick-Landkarte
Schleswig-Holstein mal anders bereisen
Thorsten Schönberg, 58 Limericks und ihre Standorte
ISBN 978-3-8423-6959-7   124 Seiten   Preis 11,50€

Bd. 27: Bombenstimmung
Der fünfte Bordesholmkrimi
von Jürgen Baasch, Elmer Schmidt und Henning Thomsen
 ISBN 978-3-7431-1919-2   192 Seiten   Preis 9.90€

In Vorbereitung:

Bd. 28: Lisbeth – Ein Frauenschicksal
Autobiografischer Roman
von Lisa Olivia del Bosco
ISBN 978-3-xxx   192 Seiten   Preis 14,50€

Bd. 29: Rezepte für den faulen Hausmann
Vorschläge für gelungene Einladungen
Herausgegeben von Jürgen Baasch und Hartmut Wiedling
ISBN 978-3-xxx   52 Seiten   Preis x4,50€

Bordesholmer Edition
Eine Reihe für Autoren von Bordesholm und Umgebung
Bordesholmer.edition@yahoo.de
Herausgeber: Jürgen Baasch

Notizen

Herstellung und Verlag:
BoD - Books on Demand, Norderstedt
ISBN 978-3-7431-1919-2